Une jonchée de petits oiseaux morts, inodores, vidés de leurs entrailles et bourrés de coton, les yeux blancs, les couleurs de leur plumage un peu ternies, sans doute, mais pas au point que l'on ne puisse reconnaître dans ces dépouilles les choses vivantes qu'elles ont été. Couchés sur le dos dans la position d'un gisant, raides, les ailes repliées, les pattes jointes sur le devant comme le seraient les mains s'il s'agissait d'un corps humain apprêté par les pompes funèbres. Attachées à ces pattes par un fil d'une longueur à peu près invariable, une ou plusieurs étiquettes indiquent le nom de l'espèce, le sexe du spécimen, la collection d'où il provient, le nom du collecteur — celui qui a tué l'oiseau, et qui peut être distinct du collectionneur —, la date, le lieu, si possible l'altitude et exceptionnellement d'autres détails relatifs aux circonstances de la collecte. Il arrive que ces indications soient fausses, par suite d'une erreur, ou parce que le dernier collectionneur en date, dans un but quelconque, les a délibérément falsifiées (mais c'est tout de même l'exception). Dans le cas qui nous occupe, le tiroir, long d'environ un mètre et d'une largeur un peu moindre, retiré d'une armoire qui en contient soixante-sept autres de mêmes dimensions, renferme une boîte en carton, sans couvercle, dans laquelle sont alignés sur deux rangs quinze spécimens d'*Œnanthe xanthoprymna* — un oiseau qui vivant pèse de 20 à 25 grammes, et beaucoup moins tel que nous le voyons —, tous dans un état satisfaisant de conservation, à l'exception d'un seul dont la queue se détache, toc, au moment où nous le saisissons délicatement entre le pouce et l'index (une anomalie que nous rapportons aussitôt — « loose tail » —, sur le formulaire prévu à cet effet). L'étiquette qui lui est attachée précise qu'il s'agit d'un mâle, collecté en mars 1874, au Soudan, par Henry Seebohm, un industriel britannique adonné à l'ornithologie — au point que plusieurs espèces ont été nommées d'après lui —, et l'auteur d'un ouvrage de référence sur les oiseaux de Sibérie. Parmi les quatorze spécimens intacts, ou du moins complets, dans la mesure où il n'en manque aucune partie, cinq ont été collectés par le colonel Richard Meinertzhagen, que l'on retrouvera souvent dans la suite de ce récit, et trois autres par des personnages secondaires, qui ne feront dans celui-ci

Jean Rolin

Le traquet kurde

P.O.L

Né en 1949, Jean Rolin est écrivain et journaliste.

que de brèves apparitions. Les cinq spécimens provenant de la collection de Meinertzhagen ont été pour quatre d'entre eux tués par lui-même, entre 1922 et 1948, en Égypte et en Arabie, et pour le cinquième « tiré par un membre de [son] escorte, le 31 octobre 1922, par 42° de longitude est et 39°15' de latitude nord, avec un fusil de calibre .303 » (le fusil en question étant une arme de guerre, on se demande comment il est resté quelque chose, après coup, d'un si petit oiseau). Un autre spécimen a été prélevé le 6 décembre 1913, à Port-Soudan, par le futur amiral Lynes, et deux proviennent de la collection du major Cheesman et de Sir Percy Cox, ce dernier haut-commissaire en Irak à la fin de la Première Guerre mondiale. Avant même d'entrer dans le détail des méfaits de Meinertzhagen, on peut noter que des deux *xanthoprymna* de Sir Percy Cox, l'un a été prélevé à Dohouk, dans le nord de l'Irak (et aujourd'hui dans l'ouest de la Région autonome du Kurdistan), le 19 octobre 1922, et que quatre jours plus tard, toujours à Dohouk, la collection du haut-commissaire s'est enrichie d'un autre spécimen dont l'espèce nous est malheureusement inconnue, mais dont nous savons qu'il sera volé par le colonel, en février 1947, lors d'une de ses nombreuses visites au Bird Room du Museum britannique d'histoire naturelle.

Un demi-siècle environ avant que Henry Seebohm, l'auteur de *The Birds of Siberia*, ne collecte au Soudan son propre spécimen d'*Œnanthe
xanthoprymna*, cet oiseau avait été découvert par
deux ornithologues allemands, Wilhelm Friedrich Hemprich et Christian Gottfried Ehrenberg, dans le cours d'une expédition de plusieurs
années au Liban, en Égypte et sur tout le pour-
tour de la mer Rouge (il est même vraisemblable
qu'ils se sont rendus à La Mecque). Et puis le
30 juin 1825, Wilhelm Friedrich Hemprich,
qui aurait eu trente ans l'année suivante, meurt
du paludisme à Massawa. Cette mort de Wilhelm Friedrich, il est tentant de l'imaginer telle
qu'un peintre de la même époque aurait pu la
représenter : exsangue, le teint jauni, l'œil cave
sous le haut front où perle la sueur, le jeune
savant se redresse sur un lit de fortune, sou-
tenu par son compagnon de voyage, Christian
Gottfried, tandis que par la fenêtre ouverte

(ou par l'ouverture de la tente s'ils n'ont pas trouvé de chambre à Massawa), on voit se détacher sur l'arrière-plan bleu sombre de la mer la voile triangulaire d'un boutre. Toujours est-il qu'il meurt, Wilhelm Friedrich, sans avoir eu le temps de rédiger sa part de ces *Symbolæ Physicæ* qu'Ehrenberg, de retour à Berlin, aura l'élégance de publier sous leurs deux noms. Et parmi les nombreuses espèces nouvelles décrites dans cet ouvrage figure un petit oiseau baptisé par ses découvreurs du nom de *Saxicola xanthoprymna*, et qui à une date indéterminée sera transféré du genre *Saxicola* au genre *Œnanthe*. Dans son livre le plus fameux, *Birds of Arabia*, publié à Londres en 1954, Richard Meinertzhagen, le voleur d'oiseaux, désigne celui-ci comme le « red-tailed chat ». Par la suite, c'est l'appellation de « red-tailed wheatear » qui a prévalu en anglais, et en français celle de traquet à queue rousse : jusqu'à ce que, dans les premières années du XXIe siècle, les instances qui président à ce genre de choses n'attribuent à une partie des traquets à queue rousse le nom de traquet kurde, et en anglais de Kurdistan wheatear, afin de distinguer ce dernier de son très proche cousin le traquet de Perse (et peut-être aussi afin de chagriner les autorités turques). La description la plus récente de cette espèce, on la trouvera dans le guide de Peter Clement illustré par Chris Rose et intitulé *Robins and Chats*. On y apprend que le traquet kurde, ayant hiverné dans divers pays riverains de la mer Rouge ou du golfe Persique, se reproduit à partir du mois d'avril dans une zone montagneuse courant du sud-est de la Turquie à l'ouest de l'Iran, laquelle correspond assez exactement à la zone de peuplement kurde. Il y est rare, ou localement commun : ce qui fait de lui, au total, un oiseau peu nombreux. Il est présumé monogame. Il fréquente les pentes de collines rocailleuses ou les vallées plantées de buissons épars, de préférence entre 1 100 et 2 100 mètres d'altitude. Il s'y nourrit d'insectes et de larves, de graines et de fruits, exceptionnellement d'un petit lézard. Il est assez actif (« fairly active »). C'est du haut d'un rocher isolé, ou d'un escarpement, plus rarement d'un buisson, qu'il aime lancer son chant — si on peut appeler ça un chant — que Clement retranscrit ainsi : *see-wat-chew eeper, watchew-errra, wee-chu chree*. Étrangement, dans le paragraphe intitulé « Movements », Clement le mentionne comme « vagrant to France » — erratique en France — « May 2015 ». Et il est de fait qu'au mois de mai 2015 un traquet kurde mâle, solitaire, a été observé pendant deux ou trois jours, photographié à plusieurs reprises et formellement identifié, au sommet du puy de Dôme — soit à quelques milliers de kilomètres tant de sa zone d'hivernage que de sa zone de reproduction —, posé parmi les rochers et les blocs de pierre d'un site archéologique connu sous le nom de temple de Mercure. À ce sujet, on ne peut manquer de remarquer qu'environ trois mois avant cette visite inopinée une milice kurde d'obédience marxiste-léniniste (bien qu'elle affirme désormais s'être émancipée de cette doctrine), appuyée par des bombardements de l'US Air Force, était parvenue, non sans mal, à repousser un assaut de l'État islamique contre la ville de Kobané, sur la frontière entre la Syrie et la Turquie. Car si fortuite que soit cette coïncidence, il est probable que sans le regain de sympathie pour la cause kurde suscité par les événements de Kobané, le caractère également kurde du traquet égaré au sommet du puy de Dôme n'aurait pas éveillé le même intérêt.

À Tring, dans le Hertfordshire, où les collections ornithologiques du British Museum ont
été transférées dans les années soixante-dix du
siècle dernier, je logeais dans une maison de
High Street dont la façade, en brique, présente
sur deux niveaux une superposition de bow-
windows. La seule particularité de mon séjour,
sous ce rapport, c'est qu'ayant opté pour un
hébergement de type *bed and breakfast*, à la suite
d'une erreur de la dame chez qui j'avais souscrit
cette formule je me retrouvai à disposer d'un lit
dans une maison et du petit déjeuner dans une
autre. Je me résolus d'autant mieux à cet écartè-
lement que les deux maisons n'étaient éloignées
que de quelques mètres, et que si je ne pouvais
dormir dans la chambre que l'on m'avait initia-
lement promise, et qui normalement allait de
pair avec le breakfast, c'était dans la mesure où
s'y trouvait déjà une ornithologue américaine de
réputation internationale, Pamela Rasmussen,

dont je connaissais plus ou moins les travaux mais que je n'avais jamais rencontrée. D'ailleurs cette maison où logeait Pamela Rasmussen, et où je prenais quant à moi le petit déjeuner, du fait de sa proximité avec le musée semblait dédiée presque exclusivement à l'hébergement d'ornithologues, professionnels ou amateurs, à en juger par son livre d'or dans lequel les dédicaces étaient surchargées de dessins ou de photographies représentant par exemple l'« aile d'un roselin du désert (*Rhodospiza obsoleta*) de la Rift Valley israélienne », ou une mésange penduline de la Caspienne (*Remiz pendulinus caspius*), un oiseau, écrivait un hôte récent, « qui a tant signifié pour moi à l'occasion de ce séjour ».

Lors de ma seconde visite aux collections du musée de Tring, je m'attaquai aux deux tiroirs disposés juste en dessous de celui que j'avais inventorié la veille, dans lesquels gisaient les dépouilles de soixante-quinze *Œnanthes* appartenant aux deux espèces les plus proches de *xanthoprymna* (l'une d'elles était l'espèce *chrysopygia*, dont le nom savant pourrait se traduire étourdiment par « fesses en or »). Parmi les collecteurs de ces soixante-quinze spécimens, on retrouvait quelques connaissances de la veille, tels le colonel Meinertzhagen ou le futur amiral Lynes, ou encore l'indissociable paire formée par Sir Percy Cox et le major Cheesman, mais il en apparaissait aussi quelques nouveaux, et non des moindres, tels Allan Charles Trott, appelé à devenir le premier ambassadeur de Grande-Bretagne en Arabie Saoudite, ou St. John Philby, père du plus fameux traître de toute l'histoire britannique, d'autre part ami et conseiller du roi Ibn Saoud, et responsable quant à lui de la mise à mort et de l'épluchage de quelque dix-huit *Œnanthes* entre 1934 et 1936. Bien que succinctes, les indications de dates et de lieux portées sur les étiquettes permettaient de se faire une première idée, certes très vague, de ce qu'avait été au cours de ces années la vie de St. John Philby, tous ses prélèvements ayant été effectués sur le territoire de l'Arabie Saoudite, et le plus grand nombre d'entre eux en 1934, souvent en duo avec l'ornithologue américain George Latimer Bates. De retour en Europe, Bates avait publié dans *Ibis*, la prestigieuse revue de la British Ornithologist Union, plusieurs articles sur l'avifaune de cette partie du monde, dans l'un desquels il soutient que le mâle et la femelle de *xanthoprymna* portent l'un et l'autre un masque noir sur le visage, une assertion audacieuse et qui ne semble pas avoir été corroborée par la suite. Mais ce qui nous intéresse, bien plus que les hypothèses de Bates sur le dimorphisme sexuel, ou l'absence d'un tel dimorphisme, chez le traquet kurde, c'est d'observer que cette année 1934 si propice à St. John — au moins dans le domaine de l'ornithologie, puisqu'elle le vit collecter pas moins de onze spécimens d'*Œnan-the chrysopygia*, sans parler d'autres espèces — fut également celle au printemps de laquelle, sur un banc de Regent's Park, son fils Kim contracta auprès du KGB un engagement irréversible.

En arrivant au musée, ce matin-là, je dus laisser mon imperméable dans une salle de laboratoire éloignée de la salle de travail, sans doute pour éviter qu'à l'instar de Meinertzhagen je ne reparte avec des oiseaux plein mes poches. Le laboratoire était situé au rez-de-chaussée, au même niveau que la salle des collections d'œufs, et il était momentanément occupé par une troupe nombreuse de phasianidés en attente de réparations, parmi lesquels le plus beau, celui dont le plumage d'un bleu fluorescent formait le plus navrant contraste avec sa petite tête stupide et muette, ridiculement crêtée, était un lophophore resplendissant, à côté de quoi les faisans et les paons faisaient figure de volailles. Quant à la salle des œufs, Robert Prys-Jones, le responsable des collections ornithologiques du musée, eut l'amabilité de m'y introduire et de m'y laisser entrevoir les trois œufs d'autruche à demi fossilisés que le roi d'Arabie, en 1951, avait offerts à

Meinertzhagen, après qu'ils eurent été recueillis, une cinquantaine d'années auparavant, dans les solitudes du Quart Vide. (L'intérêt particulier de ces trois œufs, qui tous présentent une consistance de vieil os, et dont l'un est fendu sur toute sa hauteur, tient à ce qu'ils proviennent d'une sous-espèce de cet oiseau, *Struthio camelus syriacus*, qui a entre-temps disparu.)

Afin de me familiariser avec le style et la tournure d'esprit de Meinertzhagen, pour qui mon intérêt ne cessait de croître, je passai une partie de la matinée à feuilleter son chef-d'œuvre, *Birds of Arabia*, et tout ce que je pus trouver, dans la collection de la revue *Ibis*, des articles qu'il y avait publiés, et dont beaucoup contiennent des informations mensongères adroitement glissées parmi d'autres qui ne le sont pas. Avant même de découvrir l'étendue de ses malversations, et bien qu'il fût considéré par certains comme le plus grand ornithologue britannique de son temps, on a beaucoup reproché à Meinertzhagen l'anthropomorphisme et le peu de rigueur scientifique de ses descriptions. Mais c'est aussi ce qui en fait le charme. Ainsi, dans l'un des deux longs articles sur les oiseaux du Ladakh et du Sikkim qu'il publie en 1927 dans *Ibis*, Meinertzhagen décrit-il en ces termes le nid, observé au Ladakh, d'un couple d'accenteurs rouge-gorge, ou plus précisément d'une sous-espèce de cet accenteur, *Prunella rubeculoides muraria*, qu'il a semble-t-il découverte puisque son nom lui est désormais attaché (son nom et celui de sa femme — « Meinertzhagen R & Meinertzhagen A, 1926 » —, associée à cette découverte, et dont on verra bientôt que la mort violente est peut-être indirectement liée à la publication de ces deux articles dans *Ibis*) : « Un nid particulièrement beau a été observé sur le lac Pangkong (1 400 pieds), doublé des plumes roses d'un mâle de roselin cramoisi, vraisemblablement prélevées sur un spécimen trouvé mort à proximité : le contraste entre le bleu turquoise des œufs et le rose de cette doublure était délicieux, et devait donner aux parents un plaisir infini. »

Tout de même, il faut être gonflé pour prêter à cette sous-espèce d'accenteur de telles préoccupations esthétiques. Plus loin, et cette fois au Cachemire, à propos d'un vol de bouvreuils orangés — « ce bijou parmi les oiseaux » — cherchant leur nourriture sur un sol couvert d'aiguilles de pin, Meinertzhagen écrit que ce spectacle lui donna « autant de plaisir qu'il en avait jamais éprouvé auparavant » (ce qui ne l'empêchera pas, bien sûr, de fusiller les petits bijoux pour inventorier le contenu de leurs estomacs, comme l'aurait fait dans les mêmes circonstances n'importe quel ornithologue de son temps). Mais il n'est pas avare de ce genre de formules, ou de plus dithyrambiques encore, comme lorsqu'il conclut en ces termes, dans *Birds of Arabia*, la description d'un gypaète observé le 26 juillet 1914, au coucher du soleil, dans les montagnes du Baloutchistan : « Ce que j'ai vu ce soir-là semblait un signe avant-coureur de la guerre, d'une guerre longue et sanglante : c'est aussi la meilleure, la plus belle et la plus terrible, la plus romantique observation d'un oiseau que j'aie faite en tout temps et en tout lieu. »

La première fois que Meinertzhagen se fait pincer avec des oiseaux dans son cartable, pas moins d'une dizaine, c'est à la sortie du British Museum, en 1919, alors qu'il revient de la Conférence de la paix qui se tient la même année à Paris (conférence en marge de laquelle, comme nous le verrons plus loin, il prétend avoir fessé dans le couloir d'un hôtel T.E. Lawrence, et recueilli de sa bouche des confidences préjudiciables à la réputation de celui-ci). Par la suite, plusieurs de ses amis ou de ses compagnons de voyage — parmi lesquels Hugh Whistler, officier de police en Inde et spécialiste de l'avifaune de ce pays — ont acquis la certitude qu'il volait, dans des collections privées ou dans des musées, jusqu'à celui de Leningrad où un tel exercice, sous le règne de Staline, et même pour un sujet britannique, ne devait pas être sans risque. Mais bien que certains de ces vols aient donné lieu à des enquêtes — ainsi le vol déjà signalé, en 1947, d'un spécimen non identifié collecté en 1922 à Dohouk, au Kurdistan irakien, par Sir Percy Cox et le major Cheesman —, Meinertzhagen n'a jamais été sérieusement inquiété, au-delà d'une interdiction d'accéder au Bird Room du British Museum, suite au vol de 1919, levée au bout de dix-huit mois à la demande expresse de Lord Walter Rothschild. Si étrange que cela puisse paraître, qu'un voleur soit admis de nouveau à consulter les collections auxquelles il a déjà soustrait quelques pièces, cette indulgence doit certainement beaucoup au rang social de Meinertzhagen, à l'étendue de ses relations (dans son journal, il met un point d'honneur à toujours dire « Winston » quand il parle de Churchill), mais aussi, semble-t-il, à la crainte, y compris physique, qu'il inspire à ceux qui l'approchent, et à l'espoir que berce le British Museum, et qui sera finalement exaucé, de recueillir un jour sa collection d'oiseaux morts. Lorsque le musée en hérite, en 1954 et du vivant de Meinertzhagen, elle compte plus de 20 000 pièces, auxquelles il convient d'ajouter, même s'il s'agit d'animaux dédaignés par le grand public, quelques centaines de milliers de mallophages, ou poux des oiseaux. À la mort de Meinertzhagen, qui survient en 1967 dans sa 90e année, la presse britannique, spécialisée ou non, est unanime à lui tresser des couronnes. Quant à ses vols, s'ils cadrent mal avec l'idée que l'on se fait d'un titulaire du DSO

(Distinguished Service Order), ils seraient sans grande conséquence, excepté pour les collectionneurs ou les musées qui en ont été les victimes, si Meinertzhagen, non content de faucher des oiseaux un peu partout, ne les avait systématiquement réétiquetés afin de s'en attribuer la collecte, mentionnant pour celle-ci des dates et des lieux de son invention, et mettant ainsi en péril tout l'édifice de la répartition des espèces. La première analyse d'une de ces fraudes paraît en 1993 dans la revue *Ibis*, sous la signature d'Alan Knox, un ornithologue écossais alors attaché au musée de Tring. Le cas qu'il étudie est d'autant plus curieux qu'il concerne deux spécimens d'un oiseau très commun, le sizerin flammé, que les étiquettes falsifiées font apparaître comme ayant été collectés par Meinertzhagen, à Blois, en janvier 1953, alors qu'ils l'ont été réellement dans le Middlesex, en 1884, par un ornithologue britannique du nom de Richard Bowdler Sharpe. La méthode utilisée par Knox pour confondre Meinertzhagen, et rendre à Bowdler Sharpe ce qui lui revient, consiste principalement dans l'examen de leurs techniques respectives de préparation des oiseaux, chaque collectionneur ayant la sienne propre, caractérisée par des détails qui la rendent incomparable à toute autre.

Ayant croisé en chemin Nigel Collar, une sommité de l'ornithologie britannique, la main plongée dans un carton de merles des îles, et louché un peu plus loin sur un plein tiroir, laissé entrouvert, de trogons, dont le plumage rouge et vert, chatoyant dans la pénombre, me fit regretter de ne pas m'être intéressé plutôt à cette espèce, je trouvai Pamela Rasmussen — à laquelle Prys-Jones m'avait brièvement présenté lors de la pause-café, et dont je ne doutais pas qu'elle m'eût pris pour un imposteur, compte tenu de l'extrême confusion de mon projet relatif au traquet kurde, tel que je le lui avais exposé —, je la trouvai penchée, Pamela Rasmussen, sur un fouillis de petits oiseaux jaunes appartenant à la même espèce asiatique de cisticole, et apparemment tous semblables, mais entre lesquels elle semblait affairée à découvrir des différences infimes. (Dans un article du *New Yorker* consacré à Pamela Rasmussen et à son rôle dans la

29

mise en lumière des tricheries de Meinertzhagen, le journaliste John Seabrook la décrit, dans
son enfance, en train de feuilleter avec ravissement son premier album illustré d'ornithologie,
et d'en présenter chaque page à sa petite sœur
en l'invitant à choisir celui des oiseaux qu'elle
préfère ; l'article évoque aussi le moment, si
important dans la vie d'un amateur, pour ne
rien dire d'un véritable ornithologue, où elle
reconnut pour la première fois, dans la nature,
un oiseau, le troglodyte des marais, qu'elle avait
auparavant repéré dans son livre.) Au milieu des
années quatre-vingt-dix, lorsqu'elle lut dans *Ibis*
l'article d'Alan Knox sur le cas des sizerins volés,
Pamela Rasmussen travaillait à l'établissement
d'un ouvrage de référence sur les oiseaux asiatiques, *Birds of South Asia : The Ripley Guide*.
Or la majeure partie de la collection de Meinertzhagen provenant du continent asiatique,
The Ripley Guide, inévitablement, y faisait souvent référence, si bien que Rasmussen, craignant
de reproduire dans son propre travail des don-
nées fallacieuses, choisit de se rendre en Angleterre, au musée de Tring, afin d'y rencontrer le
Dr. Prys-Jones, gardien de cette collection dont
on savait désormais qu'elle était entachée de
fraude. Écartant la solution radicale préconisée
par d'autres ornithologues, et qui aurait consisté
dans l'incinération pure et simple de toute la collection, Rasmussen et Prys-Jones s'accordèrent

pour soumettre à un examen rigoureux, dans un premier temps, ceux des spécimens asiatiques qui étaient le plus susceptibles d'avoir été volés par Meinertzhagen, refourbis par ses soins et réétiquetés en conséquence. Et ils en trouvèrent un grand nombre, bien au-delà de ce qu'ils avaient imaginé tout d'abord. Le cas le plus connu, parce qu'il conduit vers un dénouement heureux et qu'il a fait l'objet d'un article de Pamela Rasmussen et Nigel Collar dans *Ibis*, concerne une petite chouette du sous-continent indien, la chevêche forestière, de son nom savant *Heteroglaux blewitti*, considérée à l'époque comme éteinte, ou proche de l'extinction. Parmi les sept spécimens de cette espèce conservés dans des musées, quatre ont été collectés par un certain Davidson, entre 1880 et 1883, dans le nord-ouest du Maharashtra, et un cinquième par Meinertzhagen, prétendument, en 1914 et dans le Gujarat. Ayant observé qu'il manquait à la collection de Davidson un cinquième spécimen, disparu à une date indéterminée, Rasmussen et Collar, pour établir que le spécimen manquant était celui qui se retrouvait dans la collection de Meinertzhagen, ont repris, en la portant à un plus haut degré de sophistication, la méthode mise en œuvre par Alan Knox dans le cas des sizerins flammés : radiographie de tous les spécimens concernés, comparaison des techniques employées par Davidson dans la préparation de ses propres spécimens, et par Meinertzhagen dans la préparation de spécimens d'espèces voisines, décryptage des incisions ou des fractures témoignant du travail de réfection effectué par le second sur le spécimen litigieux, analyse par un laboratoire du FBI des fibres de coton retrouvées à l'intérieur de celui-ci, et correspondant au matériau utilisé de son côté par Davidson. À la lecture des carnets tenus par Meinertzhagen, ils ont même vérifié qu'à la date, le 9 octobre 1914, où il prétendait avoir collecté dans la jungle ce spécimen de chevêche forestière, il devait se trouver à l'hôtel Taj Mahal, à Bombay, où il était retenu par d'importantes réunions relatives à la guerre dans laquelle l'Angleterre venait de s'engager.

Quant au dénouement heureux, il consiste en ceci que Pamela Rasmussen — accompagnée d'un guide américain, Ben King, spécialisé dans le tourisme ornithologique de haut de gamme — s'est rendue en 1997 dans le secteur exploré plus d'un siècle auparavant par Davidson, présumant que si *Heteroglaux blewitti* existait encore quelque part, ce devait être dans ces jungles du Maharashtra. Quand elle y parvint, ce fut pour constater que la forêt avait presque partout disparu, à l'exception d'un petit reliquat découvert in extremis grâce à l'imagerie par satellite, et dans lequel, après plusieurs journées de vaines recherches, la veille de la date fixée pour la levée du camp, Rasmussen, n'en croyant pas ses yeux, aperçut, d'abord en vol, puis posée, une petite chouette qu'à son absence de taches claires sur la tête et sur les épaules elle reconnut sans hésiter comme une chevêche forestière, peut-être la dernière de son espèce dans la nature. Ou plutôt est-ce Ben King qui l'aperçut en premier et la lui signala, elle insiste sur ce point dans le récit qu'elle fait de cet épisode, car Rasmussen est aussi scrupuleuse que Meinertzhagen l'était peu. (Au demeurant, lors d'un entretien avec John Seabrook, elle parle du voleur d'oiseaux avec une certaine indulgence, disant de lui qu'à l'instar de son propre père « il était brave, grand et fort, [qu']il aimait tuer des animaux et [qu'] on ne pouvait pas lui faire confiance ».)

Au mois de janvier 2016, dans le cadre de mes recherches sur le traquet kurde, ayant au préalable retrouvé à Clermont-Ferrand l'homme qui l'avait observé, le premier, au sommet du puy de Dôme, je me suis rendu à Villedieu-les-Poêles afin d'y rencontrer un pépiniériste normand, d'origine kurde, qu'un journaliste du *Monde* m'avait signalé comme susceptible d'avoir photographié cet oiseau dans son environnement habituel. C'était un dimanche, et Serge Mouhedin, le pépiniériste, rentrait avec quelques cultivateurs, ses voisins, d'une battue au sanglier : non qu'il aimât tuer des animaux, à l'instar de Meinertzhagen ou du père peu fiable de Pamela Rasmussen, mais parce que les sangliers faisaient des ravages dans ses plantations de jeunes arbres. Après le déjeuner, Serge Mouhedin, dont la maison est située non loin de l'abbaye d'Hambye, dans un décor que l'on peut raisonnablement qualifier d'idyllique, Serge Mouhedin m'a montré dans son jardin — qui d'ailleurs ressemble plus à un morceau de nature, préservée ou reconstituée, qu'à un jardin à proprement parler — la cabane camouflée, percée d'étroites ouvertures, et en tout point semblable à celles qu'utilisent les chasseurs de canards ou d'autres gibiers d'eau, d'où il surveille les mangeoires, empilées sur plusieurs niveaux, qu'il a installées pour le confort des petits passereaux hivernants. Tout d'abord sont arrivées des mésanges charbonnières et des mésanges bleues, puis une un peu plus rare mésange nonnette, puis des chardonnerets, des verdiers, enfin un accenteur mouchet, un oiseau que dans un contexte différent j'aurais peut-être pris pour un simple moineau. Lorsque l'un de nous deux, à l'intérieur de l'abri, faisait un mouvement un peu brusque, et que les oiseaux s'envolaient, les mésanges étaient toujours les premières à revenir, tant elles sont à la fois les plus voraces et les moins farouches. Plus tard dans l'après-midi, nous sommes allés observer un troupeau de plusieurs centaines de bernaches en pâture dans des prés salés riverains du havre de la Vanlée — une poche d'eau, parallèle au rivage, qui se vide et se remplit au rythme des marées —, apparemment indifférentes aux clameurs émanant d'une compétition sportive, ou d'une fête foraine, qui se tenait non loin de là sur l'hippodrome ou sur le terrain de camping de Bréhal. Puis sur la plage de cette localité, à marée montante et peu avant le coucher du soleil, nous avons encore suivi quelque temps des bécasseaux sanderling, de tous les oiseaux le plus semblable à un jouet mécanique, et ce n'est qu'à la fin de la journée, juste avant de me raccompagner à la gare, que Serge Mouhedin, qui avait effectivement des origines kurdes, et qui se rendait régulièrement pour son travail dans le nord de l'Irak, m'a montré sur son ordinateur, parmi d'autres photos de mammifères ou d'oiseaux, celles qu'il avait faites du traquet kurde, la plupart dans la région de Barzan, d'autres près d'un village du nom de Paraki dans l'arrière-pays de Zakho.

Entre cette rencontre à Clermont-Ferrand et cette visite à Villedieu-les-Poêles s'intercale un bref séjour que je fis sur l'île d'Ouessant, à la mi-octobre 2015, au moment où les passages de migrateurs y attirent le plus grand nombre d'ornithologues ou de simples amateurs. Ce qui attire les uns et les autres, ce n'est d'ailleurs pas tant le passage des migrateurs réguliers, ceux pour lesquels Ouessant constitue une étape naturelle, que l'arrivée accidentelle, sur l'île, d'un spécimen égaré d'une espèce sibérienne ou nord-américaine. Cette passion pour l'observation de raretés, et leur « cochage » — c'est-à-dire l'ajout d'une coche, dans un guide d'identification, en marge de l'article consacré à l'oiseau observé —, c'est en Grande-Bretagne qu'elle compte le plus grand nombre d'adeptes : à la fois, sans doute, parce que les Britanniques sont parmi tous les peuples — à égalité avec les Américains, voire légèrement en retrait par rapport à ceux-ci — le plus massivement adonné à l'observation des oiseaux, et parce qu'ils ont un goût pour les listes dont témoigne par exemple l'étrange habitude du trainspotting. Toujours est-il que rien, dans ce domaine, n'a jamais surpassé l'enthousiasme suscité en Angleterre, au mois de novembre 2006, par l'apparition inopinée d'un guillemot à long bec — un oiseau marin de taille médiocre, qui ne se rencontre normalement que dans les eaux du Pacifique Nord, et dont c'était la première occurrence en Grande-Bretagne — sur le littoral du Devon, à la hauteur de Dawlish Warren, entraînant pendant les quatre jours où l'oiseau fut visible la mobilisation d'environ trois mille supporters, la plupart équipés de longues-vues à tripode, et presque tous de sexe masculin, à en juger par les photos qui immortalisent cet événement. Dans d'autres circonstances, il est arrivé que des cocheurs en viennent aux mains, et une enquête du *Guardian* sur ce phénomène, parue en décembre 2013, fait état du décès de l'un d'entre eux, deux mois auparavant, foudroyé par une crise cardiaque alors qu'il était sur la piste d'un pouillot de Schwarz dans le Hampshire. Quant à Kevin Rylands, l'homme qui le premier a repéré le guillemot à long bec au large de Dawlish Warren, il explique, dans le magazine *British Birds*, que son émotion était telle, lorsqu'il eut identifié l'oiseau, qu'il parvenait à peine à maintenir ses jumelles braquées sur lui, et que par la suite il resta « en état de choc pendant la plus grande partie de la matinée ».

Heureusement, je n'ai rien observé de tel à Ouessant, où cependant les oiseaux rares étaient assez nombreux cet automne-là. Pour m'en assurer, sitôt débarqué sur l'île, après l'avoir parcourue dans le sens de la longueur, et ayant éprouvé tout d'abord le sentiment — infondé, je le précise, et sur lequel je devais bientôt revenir — qu'elle était entièrement envahie par des fougères mortes et d'autres végétaux pourrissants, je me suis rendu au bâtiment du CEMO, le Centre d'étude des milieux d'Ouessant, où cette activité ornithologique est centralisée, outre que c'est là, également, que logent quelques-uns des cocheurs les plus déterminés. Le bâtiment est situé aux trois quarts, environ, de la distance séparant le bourg de Lampaul du phare de Créac'h. On y entre comme dans un moulin, au moins en cette saison, et la première chose que l'on y remarque — à l'exclusion, en fin de matinée, de tout autre signe d'une présence humaine —, c'est un bloc-notes géant, de format « conférence », sur lequel les hôtes du CEMO consignent jour après jour les oiseaux qu'ils ont observés (ou « contactés », comme on l'écrit dans les publications spécialisées) et le lieu de ces observations. Ainsi le 15 octobre, veille de mon arrivée, a-t-on contacté ici ou là pas moins de dix pouillots à grands sourcils, un gobe-mouche nain, un ibis falcinelle, un bruant lapon, un canard pilet et une fauvette babillarde ; et dans les premières heures de la journée en cours, de nouveau trois pouillots à grands sourcils, un pipit de Richard et une rousserolle des buissons. Trois jeunes cocheurs, survenus entre-temps, semblent émerveillés par ce dernier ajout, concernant une espèce supposée se reproduire entre la Finlande et le Kamchatka et passer l'hiver en Asie du Sud, et qui n'a donc pas plus de raisons de se retrouver sur l'île d'Ouessant que le traquet kurde au sommet du puy de Dôme. Passe un homme plus âgé, équipé comme un photographe animalier et s'exprimant avec une pointe d'accent anglais, qui indique aux trois jeunes cocheurs, sur une carte d'état-major, les quelques endroits qu'il juge les plus propices à l'observation de la rousserolle en question ou d'autres migrateurs égarés. En ayant moi-même pris bonne note, je me suis dirigé vers l'un des plus prometteurs, le Stang Porz Gwenn, un vallon humide envahi par les saules et situé dans le centre de l'île. Comme tout le monde, je me déplaçais à vélo, et je remarquai bientôt que partout où d'autres bicyclettes avaient été abandonnées à la hâte, couchées dans le fossé ou jetées contre une haie, ce n'était pas, comme on aurait pu le penser, que leurs cyclistes aient succombé à un désir soudain de se grimper les uns sur les autres dans les fourrés, mais simplement parce qu'un oiseau rare, telle cette rousserolle des buissons, y avait été signalé. Comme souvent, je m'étais mal équipé, et lorsque je me suis engagé sous les saules, dans lesquels piaillaient des oiseaux très nombreux mais que pour la plupart je ne parvenais pas à voir, encore moins à identifier, mes pieds se sont enfoncés dans le sol gorgé d'eau, et la crainte d'y perdre mes chaussures m'a fait renoncer à poursuivre. D'ailleurs, personnellement, je n'étais pas particulièrement désireux d'observer une rousserolle des buissons, un oiseau si dépourvu de tout signe distinctif, au moins de mon point de vue, que j'aurais de toute façon été incapable de le reconnaître. Dans les jours qui suivirent, je me contentai de regarder de loin les ornithologues ou les cocheurs rassemblés avec leurs longues-vues dans le voisinage d'un oiseau rare, celui-ci invisible de la distance à laquelle je me tenais, ou d'observer de plus près des oiseaux faciles à reconnaître, et souvent présents dans le même lieu en grand nombre, tels que des roitelets huppés dans un petit bois de saules proche de la pointe de Kadoran, ou des craves à bec rouge arpentant au lever du jour la pelouse sur laquelle donnait la fenêtre de ma chambre d'hôtel, ou encore des grives, tant mauvis que litornes, se goinfrant de prunelles dans la brousse qui s'étend entre l'anse de Porz Gwenn et la pointe de Penn ar Roc'h, et d'autres dont il ne restait, au milieu du chemin, qu'une jonchée de plumes et de duvets gris ou beiges, après qu'un épervier ou un faucon pèlerin, du haut des airs, leur fut tombé dessus.

Pas plus qu'une rousserolle des buissons je ne serais capable de reconnaître une locustelle fasciée, une espèce encore bien plus rare que la précédente, en Europe de l'Ouest, puisqu'elle n'y a été observée qu'à deux reprises par des ornithologues dignes de foi, et une troisième, s'il fallait l'en croire, par Meinertzhagen. Celui-ci, en effet, compte parmi les ornithologues, pour la plupart britanniques, qui ont fait de l'île d'Ouessant un haut lieu de l'observation des migrateurs. Avant lui, l'île avait brièvement accueilli l'un des pionniers de cette discipline, William Eagle Clarke, dont la notice nécrologique, dans la revue *Ibis*, nous rappelle que nous lui devons aussi de savoir de quoi se nourrissent les flamants roses. En 1898, Eagle Clarke s'est rendu à Ouessant en compagnie d'un autre ornithologue britannique, T.G. Laidlaw, mais ils y firent l'objet d'une surveillance si intrusive, de la part des autorités, qu'ils durent se résoudre à quitter l'île beaucoup plus tôt que prévu, victimes collatérales de cet incident de Fachoda qui au même moment conduisait la France et l'Angleterre à deux doigts d'un affrontement militaire. (À la décharge des autorités françaises, il convient de préciser que pendant qu'Eagle Clarke, en compagnie de son compatriote T.G. Laidlaw, s'adonnait placidement à l'observation des oiseaux, la marine britannique, de son côté, procédait à une démonstration de force au large de Brest.) Quant à Meinertzhagen, il a séjourné sur l'île à quatre reprises — à l'été et à l'automne 1933, au printemps 1935, et à la même saison douze ans plus tard. À propos de ce dernier séjour, il publie dans *Ibis*, en octobre 1948, un article qui consiste surtout dans une interminable liste des espèces observées ou collectées, mais dans l'introduction duquel il note que les Ouessantins « ne sont pas intéressés par les oiseaux », ce qui était probablement vrai à l'époque, et que « les informations locales ne sont pas fiables ». « À la question-test, ajoute-t-il, que je posai à un intelligent Breton — "je suppose que pendant les hivers rigoureux vous voyez par ici quelques dindes ?" —, il me répondit : "Oh oui, j'en ai tiré par grand froid, mais elles sont rares." » Outre le mépris qu'elle trahit pour les « intelligents Bretons », cette réflexion est particulièrement mal venue de la part d'un homme plus que tout autre enclin à voir des oiseaux là où ils ne sont pas. Ainsi de la locustelle fasciée : en septembre 1913, un autre ornithologue britannique, Colingwood Ingram, a collecté à Ouessant le premier spécimen de cette espèce jamais observé en Europe, dont la dépouille figure aujourd'hui dans les collections du musée de Tring. Or dans son article de 1948, Meinertzhagen se souvient soudainement d'avoir lui aussi collecté un spécimen de locustelle fasciée, le 17 septembre 1933 à 1 h 20 du matin, au pied du phare de Créac'h — comme beaucoup de menteurs, Meinertzhagen imagine qu'une surabondance de détails rendra son mensonge plus vraisemblable —, spécimen que dans un premier temps, tout comme Ingram vingt ans plus tôt, il aurait identifié comme une rousserolle turdoïde (car comment soupçonner de falsification un ornithologue qui, sans se faire prier, convient d'avoir pris une locustelle fasciée pour une rousserolle turdoïde ?). Mais dans un article du magazine *British Birds* daté d'octobre 2006, le Dr. Prys-Jones, infatigable pourfendeur des tricheries de Meinertzhagen, observe que jusqu'en 1948, ce dernier n'avait jamais fait état de cette découverte pourtant considérable. Reprenant, peu ou prou, les méthodes utilisées dans le cas de la chevêche forestière, et auparavant dans celui des sizerins flammés, Prys-Jones relève dans le spécimen lui-même un certain nombre de détails qui clochent, ne serait-ce que le plumage printanier que porte l'oiseau, alors que Meinertzhagen prétend l'avoir collecté à la fin de l'été. Et ainsi de suite. On ne va pas de nouveau entrer dans le détail de la procédure adoptée. On se contentera de citer la conclusion de Prys-Jones, qui établit, indiscutablement, que le spécimen de locustelle fasciée prétendument collecté par Meinertzhagen, en 1933, sur l'île d'Ouessant, l'avait été véritablement par un certain Owston, vingt-cinq ans plus tôt, en Mandchourie.

Si la relation qu'entretient l'ornithologie avec la guerre, l'espionnage ou la diplomatie est illustrée par de nombreux exemples, parmi lesquels nous avons déjà mentionné Sir Percy Cox, Alan Charles Trott, St. John Philby ou l'amiral Lynes, le cas de Meinertzhagen est l'un des rares où elle se conjugue avec le meurtre. (À propos d'espionnage, ou d'imposture, il n'est pas indifférent d'observer que lorsqu'en septembre 1915 des militants socialistes opposés à la guerre se réunirent dans la petite ville suisse de Zimmerwald, ils le firent sous couvert d'un congrès d'ornithologie : une discipline pourtant largement ignorée par les dirigeants révolutionnaires de l'époque, à l'exception, notable, de Rosa Luxemburg.)

Sa réputation, au lendemain de la Première Guerre mondiale, il semble que Meinertzhagen la doive principalement à ce qu'il est convenu d'appeler « the haversack ruse », la ruse du havresac : un objet qu'il est plus courant, en français, d'appeler une musette, mais l'affaire perdrait beaucoup de son lustre si on la désignait comme « la ruse de la musette ». Dans la version qu'il a lui-même fabriquée de cet incident, celui-ci survient alors que le commandant du corps expéditionnaire britannique en Égypte, le général Allenby — par ailleurs un ornithologue distingué —, prépare sa grande offensive de l'automne 1917, en Palestine, contre les Turcs et leurs alliés allemands. Pour marcher sur Jérusalem, Allenby doit impérativement prendre le contrôle des puits de Beersheba, et pour s'en emparer au moindre coût il faut qu'il amène ses adversaires à en dégarnir les défenses, par exemple en leur faisant croire que le gros de son offensive portera sur Gaza. C'est dans ce contexte que Meinertzhagen, alors attaché à l'état-major d'Allenby en qualité d'officier de renseignement, aurait imaginé, puis mené à bien, la ruse du havresac : laquelle consiste à caracoler, à cheval, devant les lignes turques, à se faire tirer dessus, à feindre une blessure, à se coucher sur le pommeau de la selle en laissant glisser à terre, comme par accident, le fameux havresac, avant de regagner au galop les lignes britanniques. Quant au havresac, parmi des effets personnels (y compris la lettre d'une jeune épouse annonçant la naissance d'un fils), il contient de faux documents confidentiels désignant Gaza comme le prochain objectif d'Allenby. Le havresac a réellement existé, et même s'il n'est pas avéré que l'état-major germano-turc ait été dupe de cette intoxication, les Britanniques se sont effectivement emparés des puits de Beersheba, peu après, à un coût moindre que s'ils avaient été mieux défendus. Toutefois, dans un livre prodigieux d'érudition, intitulé *The Meinertzhagen Mystery* et publié en 2007, l'auteur américain Brian Garfield démontre que si l'affaire s'est déroulée à peu près comme ci-dessus, l'exécutant de cette ruse, sinon son inventeur, n'est pas Meinertzhagen, mais un autre officier de renseignement britannique, un certain Arthur Neate. Ainsi Meinertzhagen aurait-il emprunté son principal fait d'armes, comme il le fera par la suite des spécimens de telle ou telle collection ornithologique.

Dans le portrait qu'à propos de cet épisode il brosse de Meinertzhagen, son collègue au sein de l'état-major d'Allenby, T.E. Lawrence, après avoir observé que « la vie [l']avait fait dériver de l'étude des oiseaux migrateurs au métier militaire », le dépeint comme un « tyran au rire silencieux », doté d'« un corps d'une force prodigieuse » et d'« un cerveau sauvage », prenant le même plaisir à « tromper son ennemi [ou son ami] par quelque astuce peu scrupuleuse qu'à défoncer un à un, dans un coin, les crânes d'une troupe d'Allemands, avec son casse-tête africain ». Quant au nombre de têtes effectivement cassées par Meinertzhagen, il est difficile d'en juger, dans la mesure où, curieusement, il semble se prévaloir, dans ses différents journaux, d'un plus grand nombre de meurtres qu'il n'en a réellement commis (ou du moins revendique-t-il plus volontiers ceux des meurtres qu'il n'a pas commis). L'un de ses crimes avérés remonte au début de sa carrière militaire, lorsqu'en 1905, au Kenya, il propose une trêve à un chef rebelle de la tribu des Nandi, et l'attire dans un piège où il le fait massacrer avec son escorte. (Deux ans plus tôt, il s'était illustré en découvrant l'hylochère, ce sanglier géant, et velu, des forêts africaines, auquel désormais son nom est associé : *Hylochoerus meinertzhageni*.) Si coriace que soit le colonialisme britannique, ce guet-apens fait assez de bruit, en mauvaise part, pour que son auteur soit rappelé en Angleterre. Un peu plus tard, posté en Afghanistan, Meinertzhagen se vante d'avoir assassiné, à coups de maillet de polo, un palefrenier qui venait de malmener son poulain préféré : mais il semble qu'il s'agisse d'une de ces exagérations dont il est coutumier, les annales britanniques n'ayant apparemment conservé aucune trace d'un tel incident. Au début de la Première Guerre mondiale, il est attaché à l'état-major du général Aitken, le commandant de ce corps expéditionnaire, composé principalement de soldats indiens, que des Allemands très inférieurs en nombre mettent en déroute lors de sa tentative de débarquement à Tanga. À cette occasion, Meinertzhagen prétend avoir brûlé la cervelle d'un soldat indien qui refusait de combattre, mais aucune autre source ne confirme cette exécution. Dans le cours de la guerre qui pendant plusieurs années, en Afrique de l'Est, opposera les Britanniques à l'insaisissable armée du général von Lettow, Meinertzhagen — qui par la suite deviendra un grand ami de son adversaire, lui rendant visite en Allemagne, et le recevant à Londres où il lui fera les honneurs de sa collection de peaux d'oiseaux —, Meinertzhagen semble avoir passé plus de temps à chasser les grands fauves et les imposants herbivores, observe Brian Garfield dans son livre déjà mentionné, qu'à rechercher le contact avec l'ennemi. Il se vantera cependant d'avoir abattu sous sa tente, le soir de Noël 1915, un officier allemand que son titre de « duc de Wecklenburg » désigne comme un personnage de fiction, puis de s'être régalé de l'excellent dîner, y compris le Christmas pudding, qui refroidissait sur sa table. Quant au « casse-tête africain » mentionné par T.E. Lawrence, il s'agit sans doute de celui que Meinertzhagen prétend avoir arraché des mains d'un autre officier allemand, au printemps 1916, avant de s'en servir pour assommer celui-ci : du moins cet officier, le capitaine von Kornatzki, a-t-il réellement existé, contrairement au duc de Wecklenburg, et effectivement trouvé la mort au combat, si ce n'est dans les circonstances évoquées par Meinertzhagen. Le trait le plus déplaisant de ce dernier, qui en présente de nombreux, c'est sans doute sa propension à dire dans son journal du mal de tout le monde, et en particulier de ses amis. Ainsi de Salim Ali, le père de l'ornithologie indienne, et apparemment l'un de ses compagnons de voyage préférés. Dans son essai, Brian Garfield les fait se rencontrer en 1925 ou 1926 — alors que Meinertzhagen, divorcé, remarié, désormais père de deux enfants, vient de quitter l'armée —, mais Salim Ali, dans son livre autobiographique intitulé *The Fall of a Sparrow*, situe quant à lui cette rencontre plus tard, en 1937, à l'occasion d'une expédition ornithologique de plusieurs semaines en Afghanistan. Dans cette circonstance, Salim Ali observe que Meinertzhagen annexe volontiers, pour son propre usage, le matériel des autres, mais aussi qu'il est capable de patauger dans un marécage avec une écharde de plusieurs centimètres fichée dans le mollet, puis de poursuivre en boitant un gypaète barbu et de l'abattre (car dans les années trente, un ornithologue britannique pouvait encore se permettre d'abattre un gypaète barbu en Afghanistan, et un ornithologue indien de rapporter favorablement cet exploit). Plus tard, Salim Ali découvrira, sans s'en émouvoir plus que ça, que dans son journal Meinertzhagen le décrit comme « hideusement laid », « incroyablement incompétent, comme tous les Indiens, dans tout ce qu'il fait », et enclin par surcroît à souhaiter la fin de la domination britannique, en dépit des assurances, prodiguées par Meinertzhagen, que « jamais un Anglais ne tolérera que des hommes soient gouvernés par des rats ». Mais celui de ses amis, ou prétendus tels, sur lequel Meinertzhagen s'acharnera le plus odieusement, c'est T.E. Lawrence, auquel on devine qu'il reproche surtout de l'avoir surpassé de beaucoup, tant dans l'art de la guerre que dans celui de la littérature. La guerre : « Il n'était pas un grand soldat, pas même un grand chef de guérilla », tranche Meinertzhagen dans son *Middle East Diary* — publié en 1959, mais couvrant les années 1917 à 1956 —, et il n'a « jamais commandé qu'un ramassis de supplétifs arabes pillards et meurtriers ».

La littérature : Meinertzhagen juge le style des *Sept Piliers* « ennuyeux, difficile à lire et laborieux », même si ailleurs il concède que les écrits de Lawrence, « et particulièrement ses lettres, resteront comme un exemple exquis de littérature anglaise ». Parfaitement incongru pour caractériser le style de Lawrence, l'adjectif « exquis » n'a probablement été sélectionné par Meinertzhagen que dans la mesure où il contribue au dessein général de son portrait, qui est de faire apparaître l'auteur des *Sept Piliers* comme un être efféminé et puéril, deux traits de caractère dont il estime sans doute qu'ils ruineront sa réputation.

« Le pauvre petit Lawrence est mort hier matin », écrit-il, grotesquement, dans l'entrée de son journal datée du 20 mai 1935. Et presque chaque fois qu'il le mentionne, particulièrement lorsqu'il feint de s'attendrir sur celui dont il prétend avoir été le meilleur ami et le seul confident, c'est avec une condescendance que souligne le choix des mêmes adjectifs dépréciatifs : « pauvre petit homme, il va me manquer beaucoup », ou encore « il était un très remarquable petit homme ». Meinertzhagen ayant une conception zoologique des rapports humains, c'est dès leur première rencontre qu'il se met en scène dans le rôle du mâle dominant, devant qui Lawrence se dandine, timide et rougissant ; au point que quand celui-ci, de nuit, et tout de blanc vêtu, se glisse sous sa tente, Meinertzhagen l'interroge brutalement : « Fille ou garçon ? » À quoi Lawrence, sans se formaliser, répond : « Garçon ! »

Même en faisant la part de l'extraordinaire muflerie de l'auteur du *Middle East Diary*, il est évident que cette scène ridicule — qu'il situe en 1917 à Rafah, en Palestine — n'a jamais pu se produire. D'ailleurs un spécialiste de Lawrence, J.N. Lockman, dans un petit ouvrage intitulé *Meinertzhagen's Diary Ruse, False Entries on T.E. Lawrence*, établit qu'à la date mentionnée par Meinertzhagen pour cette rencontre, le 9 octobre, Lawrence devait se trouver non pas à Rafah mais à Gaza, en chemin vers le quartier général d'Allenby afin de préparer l'entrée de celui-ci à Jérusalem.

Deux ans plus tard, à Paris, où ils participent tous deux à la Conférence de la paix dans la délégation britannique, Meinertzhagen soutient dans son journal que Lawrence, toujours aussi minaudant et puéril, lui ayant dans un couloir de l'hôtel Majestic dérobé son fameux knobkerry, le bâton à assommer les Allemands, se serait enfui avec en courant. Meinertzhagen se lance à sa poursuite, le rattrape, et, tout en le tenant fermement, lui applique sur les fesses une correction (« spanking on the bottom », comme dans les ouvrages spécialisés), sans qu'il soit précisé s'il le fait à mains nues ou à l'aide de son casse-tête. Mais quoi qu'il en soit, ce qui importe, et ce pour quoi Meinertzhagen a sans doute inventé de toutes pièces cette scène effarante, c'est que Lawrence reçoit cette correction sans faire aucun effort pour s'y soustraire — « he made no attempt to resist » —, et qu'après cela il confie à Meinertzhagen qu'il comprend mieux comment « une femme peut se soumettre à un viol, une fois solidement étreinte par un homme fort ». « Il n'avait rien à faire des femmes », ajoute dans le même paragraphe Meinertzhagen, pour le cas où les choses ne seraient pas assez claires, « son inclination sexuelle le portant vers les hommes grands et forts » (« big strong men »). Et comme il ne lui suffit pas de le fesser en public (et à titre posthume) pour assouvir la rage que son évidente supériorité lui inspire, Meinertzhagen, toujours dans le *Middle East Diary*, soutient que lors du même séjour à l'hôtel Majestic, Lawrence, rongé par le remords, lui aurait avoué que *Les Sept Piliers de la sagesse* n'étaient qu'un tissu de mensonges, ou au moins d'exagérations éhontées. Et quand Lawrence lui demande comme une faveur de relire son manuscrit, Meinertzhagen se récrie qu'il n'en fera rien, tant le mensonge lui fait horreur. « Il n'y avait pas de secrets entre nous, ajoute-t-il, et je pense que j'étais le seul de ses amis auquel il ait confié qu'il était un complet imposteur. » Et plus loin : « "Un jour je serai démasqué", m'a-t-il dit en plus d'une occasion. Pauvre petit homme. »

Lors de sa dernière visite au *big strong man* — une visite probablement imaginaire, elle aussi —, un an avant sa mort, Lawrence chahute avec les enfants de son hôte, il se met à quatre pattes pour jouer au train avec eux, remplissant les wagons d'objets divers afin de leur faire une démonstration de pillage ferroviaire, ce dernier détail étant évidemment destiné, autant qu'à souligner la puérilité de Lawrence, à disqualifier la guérilla menée par la « révolte arabe » contre les Turcs. Dans une autre circonstance, toutefois, à l'occasion d'une promenade en forêt, Meinertzhagen concède à Lawrence quelques qualités — en dehors de celles qu'il n'a mentionnées auparavant, dans des phrases à double sens, que pour l'enfoncer plus sûrement —, comme son goût de « tout ce qui est beau » (encore cette qualité n'est-elle pas exempte d'ambiguïté), ses bonnes manières, et, imprévisiblement, sa connaissance des oiseaux. « Il connaissait la plupart des chants, observe Meinertzhagen, et, assez étrangement, il préférait le bourdonnement grinçant de l'engoulevent au gazouillis à gorge déployée du rossignol. »

Sur une photographie datant de 1915 — l'année où il se vante d'avoir tué sous sa tente le « duc de Wecklenburg » —, Meinertzhagen apparaît souriant, coiffé d'un chapeau de brousse et tenant à deux mains le corps sans vie d'une grande outarde. Car même au pic de sa carrière militaire, il n'a jamais cessé de s'intéresser aux oiseaux, principalement, mais non exclusivement, pour en collectionner les dépouilles. Dans son article déjà cité du *New Yorker*, John Seabrook signale qu'en 1917, alors qu'il est attaché à l'état-major d'Allenby, Meinertzhagen utilise les instruments de réglage des batteries antiaériennes britanniques pour calculer la vitesse et l'altitude des oiseaux. À la même époque, Erwin Stresemann, appelé à devenir l'un des phares de l'ornithologie allemande et mondiale, fait exactement la même chose, entre Verdun et Belfort, et trouve même le moyen de publier en 1917, dans une Allemagne exsangue, un article sur l'altitude à laquelle volent les martinets, fort de son expérience d'observateur d'artillerie embarqué sur un aérostat. Les Français ne sont pas en reste, puisque Jacques Delamain, l'auteur de *Pourquoi les oiseaux chantent*, observe pendant la Grande Guerre le comportement des oiseaux au milieu des combats, et note par exemple que le 6 mai 1915, dans l'Aisne, « une hypolaïs polyglotte chante sous le départ des coups de 90 », auxquels un verdier réagit avec la même indifférence, tandis que quelques jours plus tard, à 5 heures du matin, « un coup de 75 n'interrompt qu'imperceptiblement [...] un merle en plein chant ». Et les marins, pendant ce temps ? Eh bien ils ne restent pas inactifs, comme en témoignent les travaux sur l'avifaune du bas Yang-tsé poursuivis par le futur amiral Hubert Lynes à bord du croiseur léger qu'il commande à l'époque, le *Pénélope*, et malheureusement perdus, pour l'essentiel, à la suite du torpillage de celui-ci, le 25 avril 1916, par un U-Boot allemand.

Mais si propice que soit la guerre à l'exercice de l'ornithologie — au moins si l'on est officier, car l'homme du rang n'a que rarement le loisir de s'y adonner —, c'est surtout après celle-ci que la passion de Meinertzhagen va pouvoir se donner libre cours, y compris sous l'espèce du vol de spécimens, puisque nous savons déjà que c'est en 1919 qu'il se fait prendre à la sortie du British Museum avec une dizaine d'oiseaux dans son cartable. Cet incident ne l'empêchera pas de se marier deux ans plus tard, très honorablement, avec Annie Jackson, elle-même une habituée du Bird Room, et une spécialiste assez éminente pour que la revue *Ibis* salue ce mariage comme celui de deux « ornithologues de renom ». Au cours des années qui suivent, Meinertzhagen, dont chacun se plaît à louer la puissance physique et l'exceptionnelle endurance, voyage beaucoup, à titre personnel ou dans le cadre de ses nouvelles fonctions à la division Moyen-Orient du Colonial Office, alors dirigé par Winston Churchill. Puis en 1925, après sa démission de l'armée et son retrait de la fonction publique, qui coïncide avec la naissance de leur deuxième enfant, il invite Annie à le rejoindre à Bombay, et c'est avec elle, au moins par intermittence, qu'il entreprend à travers l'Inde et les pays voisins l'une de ses expéditions les plus longues et les plus fructueuses en découvertes ornithologiques. Si fructueuses que de retour en Angleterre, Meinertzhagen publie dans *Ibis* successivement deux articles, dans lesquels il décrit plusieurs espèces — ou au moins plusieurs sous-espèces — auparavant inconnues, et mentionne la rencontre d'espèces connues dans des lieux où elles n'ont encore jamais été observées. Or d'après Brian Garfield, peu après la publication de ces deux articles, Annie, l'épouse de Meinertzhagen, dont nous avions omis de signaler qu'elle était riche, change son testament au détriment de son mari et à l'avantage de leurs enfants. Et quelques mois plus tard, en juillet 1928, à la suite d'une séance de tir au revolver en compagnie de Meinertzhagen, elle reçoit malencontreusement une balle dans la tête.

Mais avant d'en arriver là, peut-être faut-il se pencher sur la prédilection de Meinertzhagen pour les jeunes filles. Dans son journal, il se peint volontiers en valeureux sauveteur de celles-ci, affrontant sans hésiter les plus grands périls pour les y soustraire. Ainsi, dans le *Middle East Diary*, à la date du 3 mars 1910, se met-il en scène, lors d'un pogrom à Odessa, arrachant une jeune fille juive « d'environ douze ans » aux griffes d'un Russe qui la « traîne par les cheveux dans le caniveau ». « Je ne doutais pas, écrit Meinertzhagen, qu'elle était promise au viol puis au meurtre. » Dans le contexte d'un pogrom, les chances de succès de Meinertzhagen sont infimes : mais « ce fut plus fort que moi, observe-t-il, j'entendis la voix du vieux Hales (le directeur de mon école) murmurant : "Fais quelque chose." » Et aussitôt il s'élance, assomme le pogromiste russe d'un coup de pied à l'estomac doublé d'un crochet à la mâchoire, récupère la jeune fille et se réfugie avec elle dans l'enceinte du consulat britannique.

Dans son livre plusieurs fois cité, Brian Garfield rapporte deux incidents du même genre, l'un et l'autre consignés dans l'*Army Diary*. Le premier survient en février 1899, soit au tout début de la carrière militaire de Meinertzhagen, alors que celui-ci, en route vers l'Inde, fait une brève escale à Port-Saïd. Dans la foule de la cité portuaire, il repère une jeune fille anglaise échappée d'un bordel — et apparemment âgée de douze ans, elle aussi, comme si cet âge devait être celui de toutes les jeunes filles à sauver —, qu'il aide à échapper aux malfrats lancés à sa poursuite avant de la placer sous la protection du consulat britannique (où que ce soit dans le monde, le plus sûr refuge pour une jeune fille en danger). Avant que son bateau ne lève l'ancre pour embouquer le canal de Suez, Meinertzhagen trouve encore le temps d'écrire au consul, Lord Cromer, pour lui exprimer son indignation. Toutefois Brian Garfield, qui ne fait pas les choses à moitié, affirme n'avoir pas trouvé plus de trace de cette affaire, dans les archives pourtant fort détaillées du consulat britannique, que de la lettre de Meinertzhagen dans la correspondance du consul.

Le troisième et dernier incident, également rapporté dans l'*Army Diary*, est de loin le plus rocambolesque : cette fois, il ne faut rien de moins que le déraillement d'un train, dans les montagnes grecques et à l'aplomb d'un précipice, pour permettre à Meinertzhagen d'arracher in extremis une jeune fille au wagon dont elle est restée prisonnière, juste avant qu'il ne bascule dans l'abîme. À peine remis de ses émotions, dans le train de secours mis à la disposition des survivants de la catastrophe, Meinertzhagen doit encore assister une jeune femme accouchant prématurément, avec le concours d'un aimable voyageur allemand qui s'avère être le roi de Saxe. Et ainsi de suite. Mais dans le monde réel, il arrive aussi que Meinertzhagen rencontre des jeunes filles, et noue avec elles des relations inévitablement équivoques. Ainsi de ses petites voisines, qui à un degré quelconque sont également ses cousines, dans la maison de Notting Hill qu'il partage avec Annie, son épouse, lorsqu'il ne court pas le monde. Quand le couple s'y est installé, en 1921, Janet et Theresa Clay étaient âgées respectivement de dix et neuf ans. Mais ce n'est qu'à partir de 1927, d'après Brian Garfield, qu'elles font leur apparition dans le journal de Meinertzhagen, où elles vont occuper désormais une place sans cesse croissante, la seconde en particulier, y compris sous la forme de photographies qui seraient susceptibles aujourd'hui d'entraîner l'action de la justice. Il semble aussi qu'habitant la maison voisine de celle des Meinertzhagen — avec laquelle la leur communique de l'intérieur —, elles soient invitées de plus en plus souvent à visiter cette dernière. Sans doute Annie Meinertzhagen, à la longue, s'est-elle irritée de cette promiscuité. À moins que pour une raison quelconque elle n'ait pris ombrage des deux articles publiés par Richard, sous son seul nom, dans la revue *Ibis* ? Et, dans ce cas, l'aurait-elle menacé de révéler ses supercheries, qu'au moins pour certaines elle n'avait pu manquer de déceler ? Il convient toutefois de noter qu'en mars 1927 Annie met au monde un troisième enfant, mais que c'est à la même époque qu'elle infléchit, au détriment de son mari, les dispositions de son testament. À la suite de sa mort, survenue en 1928 dans les circonstances susmentionnées, et sans autre témoin que Meinertzhagen, celui-ci n'est pas inquiété, et c'est sa version de l'accident qui prévaut : au retour d'une séance de tir, en nettoyant son arme, Annie s'est tiré par mégarde une balle dans la tête, et il n'a rien pu faire pour la sauver. Cependant, ainsi que le fait observer Brian Garfield, outre qu'Annie avait une grande expérience de la manipulation des armes à feu, on voit mal, si le coup était parti accidentellement alors qu'elle examinait son revolver, pourquoi la balle aurait atteint « la moelle épinière et la partie inférieure du cerveau » — comme l'attesterait le certificat de décès établi par deux médecins —, trajectoire qui suggère plutôt un coup tiré par-derrière, et de haut en bas. Après la mort d'Annie, et qu'il en soit ou non l'auteur, Meinertzhagen a le bon goût de se faire interner dans une maison de santé pendant quelques semaines, le temps d'expier sa faute ou de surmonter son chagrin. De retour dans le monde, il y bénéficie des soins attentifs des deux sœurs Clay, Theresa et Janet, entre lesquelles il semble qu'il ait eu tout d'abord quelques difficultés à choisir. En 1930, c'est la première qui l'accompagne à un congrès d'ornithologues en Hollande, et la seconde qui, quelques mois plus tard, explore en sa compagnie les montagnes du Hoggar. Puis Theresa, peu à peu, prend le dessus — d'autant qu'elle s'est rendue indispensable à Meinertzhagen en devenant une spécialiste reconnue des mallophages, ou poux des oiseaux, ces créatures ingrates qu'ils collectionnent l'un et l'autre, désormais, avec la même ardeur —, jusqu'à ce que Janet, vers le milieu des années trente, et peut-être à l'instigation de Theresa, s'éclipse une bonne fois pour toutes.

Quel homme n'a jamais rêvé de parcourir le monde en compagnie de sa petite cousine, collectionnant les oiseaux (et de ceux-ci les poux), et traquant çà et là des agents bolcheviques ? Car c'est ainsi, désormais, que se déroule la vie de Meinertzhagen, au moins celle qu'il confie à ses carnets, et pour une part, aussi, sa vie réelle. Les voyages à visée ornithologique, seul ou en compagnie de Tess, ne sont pas contestables — même si, dans son journal, il semble qu'il commette aussi à leur sujet des erreurs de dates ou de lieux, délibérées ou non, qui le font apparaître comme jouissant du don d'ubiquité —, et d'autant moins que pour beaucoup d'entre eux, quand ils ne sont pas attestés par des auteurs aussi fiables que Salim Ali, ils font l'objet de minutieux comptes rendus dans la revue *Ibis*. C'est plutôt le reste de son activité, tel qu'il le rapporte dans ses carnets, qui paraît sujet à caution. Car sa mégalomanie ne saurait se contenter de ses succès dans le domaine de l'ornithologie, et son plus grand souci est de convaincre ses lecteurs — comme auparavant, dans la conversation, ses auditeurs — qu'en plus de cette activité, insuffisamment prestigieuse à ses yeux, et sous couvert de celle-ci, il en exerce une autre, « my other work », qui fait de lui l'égal d'un James Bond, dont il semble d'ailleurs avoir été l'un des modèles. (Incidemment, si Ian Fleming, lui-même espion et passionné d'ornithologie, a choisi pour son héros ce nom de James Bond, c'est en hommage à un ornithologue américain homonyme — et apparemment sans lien avec les services secrets de son pays — dont il avait apprécié le guide des oiseaux des Caraïbes.)

En 1930, par exemple, il est plus ou moins avéré que Meinertzhagen, en compagnie de quelques amis appartenant à la meilleure société britannique, participe à une sorte de randonnée ornithologique en Andalousie. Mais dans son journal, il affirme en avoir profité pour assister la police espagnole dans la traque d'une poignée de saboteurs bolcheviques retranchés dans une ferme proche de Ronda : l'affaire, dont l'issue favorable au parti de l'ordre n'est imputable qu'à l'extraordinaire vaillance déployée dans cette circonstance par Meinertzhagen, se solde par une petite vingtaine de morts, la plupart bolcheviques. Et tout cela exécuté si promptement, avec une telle discrétion, que ses compagnons de randonnée n'ont même pas eu le temps de s'inquiéter de son absence. Mais le chapitre le plus fantastique des aventures parallèles de Meinertzhagen, au cours de ces années d'avant-guerre, c'est celui qui concerne ses trois rencontres avec Hitler. La première aurait eu lieu en octobre 1934 — « J'étais à Berlin, écrit-il dans son *Middle East Diary*, travaillant au Museum, j'appelai Ribbentrop… » — et laissé Meinertzhagen sur une impression plutôt favorable du Führer, qu'il juge « très sincère et d'une franchise absolue » (« very sincere and absolutely truthful »). Lors de sa deuxième entrevue avec Hitler, en juillet 1935, ce dernier perd son sang-froid quand Meinertzhagen aborde la question des Juifs, mais la conversation reprend un tour paisible, presque cordial, lorsqu'il lui suggère de désigner son « grand ami » le général von Lettow comme ambassadeur à Londres. Les choses ne se gâtent vraiment qu'à l'occasion de la troisième et dernière entrevue, en juin 1939 (« j'étais de nouveau à Berlin, écrit Meinertzhagen, avec ma cousine Theresa… »). Hitler l'ayant fait appeler pour lui exprimer son désir de le rencontrer (on se demande pourquoi, tant qu'il y est, il n'insiste pas pour rencontrer aussi la cousine), il se rend à la chancellerie, dans la matinée du 28 juin, non sans avoir « pris la précaution de placer dans [sa] poche un automatique chargé afin de pouvoir démontrer la possibilité de tuer l'homme ».

N'ayant été soumis à aucune fouille, c'est dans cet équipage qu'il est introduit après du Führer et de Ribbentrop, le premier, très remonté, se lançant aussitôt dans une diatribe si violente, contre l'Angleterre, qu'« au bout de quarante minutes » Meinertzhagen, sans un mot, se lève et sort.

« Si cette guerre éclate, conclut-il, comme elle le fera certainement, je me sentirai très blâmable de ne pas les avoir tués tous les deux. »

Mais cette guerre que Meinertzhagen, s'il faut l'en croire, a tenue pendant quarante minutes à portée de son automatique, il n'y jouera semble-t-il aucun rôle de quelque importance, en dépit de ses efforts pour convaincre ses interlocuteurs ou ses lecteurs du contraire. Il y sera blessé, cependant, ou du moins sérieusement commotionné, pendant le Blitz, par l'explosion d'une bombe à proximité de son taxi, et il y perdra en 1944 son fils aîné, Dan, tué à dix-neuf ans durant la bataille d'Arnhem. Il n'est pas douteux que ces deux événements, à des degrés divers, l'ont ébranlé. Pas au point, toutefois, que dès la fin de la guerre, alors qu'il est âgé de soixante-sept ans, il ne reprenne ses pérégrinations, seul ou en compagnie de Tess : on l'a vu à Ouessant en 1947 — et la même année il fait en Afrique du Nord un séjour de plusieurs mois, et accessoirement, à l'issue d'une de ses fréquentes visites au Bird Room, le British Museum constate la disparition de cet oiseau non identifié tué en 1922 près de Dohouk, au Kurdistan irakien, par Sir Percy Cox —, on le verra bientôt se lancer dans de nouvelles aventures, en Arabie et dans les pays voisins, afin d'y recueillir les éléments de son grand œuvre, *Birds of Arabia*. Et ainsi de suite, bon an mal an, jusqu'à ce qu'en 1961, lors d'un voyage avec Tess à Trinidad, il fasse en trébuchant sur un chien une chute assez brutale pour mettre un terme à ses explorations (selon John Seabrook, ce n'est pas cette chute, mais une collision violente avec un autre chien, dans un parc londonien, qui aurait entraîné la perte de sa mobilité). Quoi qu'il en soit, ce n'est que six ans plus tard qu'il jette l'éponge, ayant assisté quelques mois auparavant, rapporte Brian Garfield, à un congrès d'ornithologie à Oxford, dans un fauteuil roulant, et dans l'isolement croissant auquel le condamne sa surdité. De son vivant, comme nous le savons déjà, Meinertzhagen a fait don au British Museum de sa collection d'oiseaux qui compte plus de 20 000 pièces, et de sa collection de poux qui en compte quelques centaines de milliers.

De St. John Philby, peut-on dire qu'il fut un ami de Meinertzhagen, dans la mesure où ce dernier était susceptible d'en avoir ? Les biographes du premier n'accordent qu'une place mineure au second, voire aucune, mais Brian Garfield, de son côté, soutient que leur amitié dura aussi longtemps que St. John vécut. Et il est certain, comme on le verra plus loin, que Philby a contribué de diverses façons à l'élaboration de *Birds of Arabia*, le chef-d'œuvre de Meinertzhagen. Aussi obstinés et retors l'un que l'autre — avec cette différence que Philby ne peut être taxé de mythomanie, tout au plus de paranoïa, et encore ce diagnostic doit-il être nuancé —, l'un fut un supporter inconditionnel du sionisme, de l'établissement d'un foyer national puis d'un État juif en Palestine, l'autre un supporter non moins zélé de la cause arabe, au moins telle que l'incarnaient Ibn Saoud et son royaume wahhabite. Tous les deux, en revanche, partageaient le même enthousiasme pour les oiseaux, encore que celui-ci n'ait pas influé au même point sur la vie de l'un et de l'autre. Connaissant la bienveillance de Meinertzhagen, on ne s'étonnera pas que dans son *Middle East Diary* il cite Philby parmi d'autres « cinglés d'arabophiles », et un peu plus loin parmi les « Anglais excentriques attirés par l'Arabie », au même titre que Gordon, Doughty, Burton ou Lawrence. « Je comprends, ajoute Meinertzhagen, qu'un esprit légèrement déséquilibré […] puisse être attiré par […] la misère […], la paresse, l'intolérance et le peu de fiabilité de l'Arabe […], peut-être […] le côté presque enfantin de l'hypocrisie musulmane, de même que la fausse sacralité des villes saintes de l'islam, y contribuent-ils également. » Mais sous la plume de Meinertzhagen, de tels anathèmes ne prouvent rien, ou pas grand-chose, et ne traduisent pas nécessairement une réelle animosité à l'égard des personnes mises en cause. (Bien que Philby, dans ce cas, ne soit pas nommément cité, on peut penser que c'est encore à lui, notamment, que pense Meinertzhagen quand il écrit, dans l'introduction de *Birds of Arabia*, que « le désert a produit plus d'excentriques qu'aucune autre partie du monde, car il donne naissance à des pensées profondes et à une imagination débridée », ajoutant que « peut-être la production d'excentriques et les nombreux messages délivrés à l'homme par Dieu ne sont-ils pas entièrement déconnectés ».)

Quoi qu'il en soit de cette amitié, on ignore à quel moment précis et dans quelles circonstances elle voit le jour : peut-être dès le mois de janvier 1918, alors que Philby est de passage à Jérusalem, reprise quelques semaines auparavant par Allenby (« Les canons tonnant toujours contre les Turcs depuis les hauteurs du mont des Oliviers », écrit Elizabeth Monroe dans son *Philby of Arabia*), à l'état-major duquel Meinertzhagen appartient sans doute encore, bien que dès le premier jour du mois suivant nous le retrouvions à Londres, détaché auprès du War Office.

À ce moment de sa vie, St. John est âgé de trente-trois ans, et il a déjà fait la rencontre qui déterminera toute la suite de son existence. C'est à l'automne 1917, en effet, alors qu'il exerce à Bagdad, sous l'égide de Sir Percy Cox, des fonctions de conseiller politique, que Philby s'est acquitté d'une mission délicate auprès d'Ibn Saoud, lequel ne règne alors que sur le Najd — la partie centrale de l'Arabie, autour de Riyad —, et entretient des relations exécrables, ponctuées d'affrontements armés, avec son rival de La Mecque, le Chérif Hussein, qui règne quant à lui sur le Hedjaz. La mission de conciliation menée par Philby est un échec, mais pas de son point de vue, puisqu'à cette occasion il parvient à traverser toute l'Arabie d'est en ouest et d'une mer à l'autre. Et c'est à la faveur de cette expédition non seulement qu'il fait la connaissance d'Ibn Saoud, le seul homme que dans l'ensemble, avec quelques accrocs, il servira loyalement toute sa vie, mais aussi qu'il découvre à quel point lui conviennent les lents et monotones déplacements à dos de chameau (de dromadaire), les paysages vides, ou dépouillés du moins de tout le superflu, les nuits à la belle étoile, la compagnie des hommes — bien qu'il affirme d'autre part n'avoir jamais aimé que celle des animaux, des enfants et des femmes —, et le risque constant d'une mauvaise rencontre. En 1920, de retour en Irak, Philby fait office de conseiller du ministre de l'Intérieur dans un gouvernement forgé par les Anglais, avant que ces derniers, revenant sur leurs promesses d'élections libres, n'exilent *manu militari* ce ministre indocile, et n'imposent aux Irakiens un roi dont ils ne veulent pas (et que les Français viennent de chasser de Syrie, dont le trône lui avait été promis). Boudeur, et momentanément fidèle au ministre déchu, Philby s'éloigne — il semble qu'il aille pêcher la truite dans une rivière iranienne où celle-ci abonde —, mais ses désaccords avec la politique anglaise ne sont pas si profonds qu'à peine trois mois plus tard, revenu de sa bouderie, il n'accepte le poste de haut représentant de la Grande-Bretagne auprès du roi de Jordanie : un poste dans lequel il est intronisé par T.E. Lawrence lui-même, que d'ailleurs il connaît déjà, et qui lui a témoigné son admiration pour sa fameuse traversée de l'Arabie d'est en ouest. À Amman, dans une grande maison infestée de vermine, Philby reçoit beaucoup, en compagnie de sa femme, Dora, quand celle-ci ne se trouve pas en Angleterre pour s'occuper de leur progéniture, dont le petit Kim, le futur traître, constitue le plus beau fleuron. Bien qu'il ressorte de la biographie d'Elizabeth Monroe que Philby n'a pas manqué d'occupations officielles, au cours de l'année 1922 ou de la suivante, entre un quasi-enlèvement par des membres de la tribu des Ruwallah, la répression sanglante de quelques manifestations populaires ou l'accompagnement du roi Abdallah lors d'une longue visite en Angleterre, il semble qu'il ait trouvé le temps d'organiser des excursions pour ses amis ou ses hôtes de passage, et que parmi ces derniers figurent Meinertzhagen et son épouse Annie.

Dans son *Middle East Diary*, le premier se contente de noter : « J'ai visité la Transjordanie où Philby est le responsable politique [...], puis le 24 octobre je suis parti en direction de Bagdad à travers le désert syrien, dans un convoi de quatre véhicules blindés aimablement prêtés par la RAF. » Et un peu plus loin, après avoir mentionné une incursion au Kurdistan d'Irak — Zakho, Erbil, Kirkouk —, il évoque un retour en Palestine, au mois de février 1923,

« suivi d'un court voyage à Petra ». Or le voyage à Petra — une excursion qui dans le contexte de l'époque n'était pas forcément de tout repos — est cité par Elizabeth Monroe comme l'une des spécialités touristiques de Philby. Quant à Brian Garfield, dans *The Meinertzhagen Mystery*, il écrit à propos de ce même séjour que « Richard et Annie, avec les Philby et parfois avec les Nicoll, allèrent observer des oiseaux autour d'Amman, de Petra et de Jérusalem ». (Michael Nicoll est lui-même un ornithologue de renom, dont la monumentale étude sur les oiseaux d'Égypte, en deux volumes, ne sera mise en forme et publiée qu'après sa mort, sous le titre *Nicoll's Birds of Egypt*, mais sous la signature du colonel R. Meinertzhagen, DSO : et dans un paragraphe de *Birds of Arabia*, celui-ci ne se gêne pas pour mentionner l'ouvrage précédent comme « my book on the birds of Egypt », ce qui témoigne au moins d'une certaine désinvolture à l'égard de Michael Nicoll.)

Dans la seconde moitié des années vingt, tandis qu'Ibn Saoud conquiert la totalité du royaume qui porte aujourd'hui son nom — ayant dû pour cela chasser son rival du Hedjaz, puis se retourner contre l'élite de ses propres guerriers, les Ikhwan, gardiens trop zélés de l'orthodoxie wahhabite —, St. John Philby, s'étant mis à son compte, végète quant à lui à la tête d'une petite entreprise commerciale à Djeddah. Cette entreprise, du nom de Sharquieh, nous nous la représentons comme un équivalent, tout de même en plus chic, de la boutique ambulante du Senhor Oliveira da Figueira dans *Les Cigares du pharaon* : elle vend un peu de tout, du savon, de l'essence, des bicyclettes, une pompe à incendie, et ne réalise sa première grosse affaire qu'en 1929, lorsque Ibn Saoud, en visite à Djeddah, par égard pour Philby lui achète une quinzaine d'automobiles et discute avec lui d'un projet de télégraphie sans fil. Mais l'essentiel n'est pas là. L'essentiel, c'est que dans la conversation, et comme incidemment, le roi lui demande quand il a l'intention de faire le pèlerinage de La Mecque, marquant ainsi son acquiescement, tardif, au projet de conversion à l'islam que Philby berce déjà depuis plusieurs années. Les questions religieuses ne l'ayant semble-t-il jamais préoccupé, il est permis de penser que cette volonté de conversion doit beaucoup à son désir de renforcer ses liens avec la maison des Saoud, un peu pour des raisons commerciales, ou politiques, mais surtout pour mener à bien son grand projet, celui qui véritablement lui tient à cœur, et qui est d'être le premier homme, ou du moins le premier étranger, à traverser de part en part le Désert des Déserts, également connu sous le nom de Quart Vide ou de Rub al-Khali. Or déjà qu'il n'est pas facile, pour Ibn Saoud, et a fortiori pour son entourage ou pour ses sujets, d'accepter qu'un explorateur britannique aille traîner ses guêtres dans leur Quart Vide, la chose serait tout à fait impensable s'il s'agissait par surcroît d'un mécréant. Dans les premiers jours du mois d'août 1930, Philby est donc intronisé dans la religion musulmane, en même temps qu'il s'acquitte de son premier pèlerinage à La Mecque. Par la suite il va séjourner à Taïf auprès du roi, celui-ci le reçoit dans son conseil restreint, lui fait don aussitôt d'un petit pied-à-terre dans la ville sainte et un peu plus tard d'une concubine, une esclave que dans une lettre à son épouse Dora (la mère de Kim) citée par Elizabeth Monroe, Philby décrit avec sobriété comme « pas jolie du tout mais jeune et bien faite ». Économiquement, Philby ne retire que peu d'avantages de la faveur royale, et si sa société enregistre après sa conversion un volume inhabituel de commandes, les paiements ne suivent pas. Quant à ce que Philby, plus que tout, attend de son roi, l'autorisation d'entreprendre la traversée du Quart Vide, elle se fait attendre de mois en mois, au point qu'entretemps un autre explorateur britannique, Bertram Thomas, exerçant les fonctions de wazir (quelles qu'elles soient) auprès du sultan de Mascate, lui brûle la politesse, au cours de l'hiver 1930-1931, reliant en soixante jours Salalah à Doha à travers les sables du Rub al-Khali. Comble d'ironie, ce Thomas est un ancien subordonné de Philby, et pour accomplir son exploit, secondé — ou guidé — par le Sheikh Salim bin Kalut, il n'a pas attendu l'autorisation de quiconque. Philby, de son côté, ne reçoit celle du roi que dans les tout derniers jours de cette année 1931. Et même si rien ne peut faire, désormais, qu'il n'ait été devancé, il améliore la performance de Thomas, ou du moins peut-on envisager la chose sous cet angle, en empruntant à travers le Désert des Déserts, entre le 7 janvier et le 14 mars 1932, un itinéraire sensiblement plus long et plus sinueux que celui de son prédécesseur. En chemin, généralement à la lumière du jour — malgré les protestations des Bédouins qui l'accompagnent et qui préféreraient voyager de nuit, afin de s'épargner, à eux et à leurs bêtes, un surcroît de fatigue —, Philby cartographie, un exercice dans lequel il excelle, et prélève des échantillons de tout ce qu'il peut : cailloux, fossiles, météorites, insectes, petits mammifères ou oiseaux. De ces deux classes d'animaux, Philby, dans son récit intitulé *The Empty Quarter*, se flatte d'avoir collecté entre soixante-dix et quatre-vingts spécimens, sans préciser comment ils se répartissent entre l'une et l'autre. Moins doué que Meinertzhagen pour la taxidermie — ce n'est pas sur Philby qu'il faut compter pour maquiller un sizerin tué en 1884 dans le Middlesex en sizerin tué à Blois soixante-neuf ans plus tard —, il apprend sur le tas, manquant au passage empoisonner ses compagnons de voyage avec la pâte d'arsenic qu'il emploie pour ses préparations. Sans doute pratique-t-il l'ornithologie comme cela se fait en son temps, c'est-à-dire à coups de fusil (une scène de son livre le montre tirant au revolver sur un aigle, d'ailleurs sans l'atteindre), mais enfin, bon an mal an, cela lui permet d'annexer à son récit une liste de quatorze espèces dont il est vraisemblable que personne, pas même Bertram Thomas, n'avait auparavant constaté la présence dans le Rub al-Khali. Parmi ces dernières, on note le traquet d'Arabie, *Œnanthe lugentoides*, observé à plusieurs reprises et jusqu'au cœur même du Quart Vide : mais aucun traquet kurde, bien que rien ne s'oppose, en théorie, à ce que certains spécimens de cette espèce hivernent à la périphérie de ce désert.

En mai 1933, c'est par l'entremise de St. John qu'un géant américain du pétrole, Socal, damant le pion à un concurrent britannique, signe avec le roi Ibn Saoud un contrat promis au brillant avenir que l'on sait. Un an plus tard, en juin 1934, Kim, sur un banc de Regent's Park, vend son âme au diable soviétique, qui pour la circonstance a pris les traits d'un sexologue viennois disciple de Wilhelm Reich. Mais ce qui nous intéresse, plus que ces deux incidents au demeurant lourds de conséquence, c'est le séjour que dans l'intervalle, pendant l'hiver 1933-1934, l'éminent ornithologue américain George Latimer Bates fait à Djeddah, lors duquel il rencontre St. John, comme on l'a vu, et se lie d'amitié avec lui. Elizabeth Monroe, dans sa biographie : « Il était enchanté de Bates, qui au premier coup d'œil pouvait déterminer si une perdrix ou une alouette appartenait à une nouvelle sous-espèce. Bates aussi était enchanté, dans la mesure où jusqu'à présent il n'avait eu du désert qu'une expérience indirecte. » Toujours d'après Monroe, Bates et Philby, à eux deux, tuèrent et préparèrent plus de cinq cents spécimens, dont Bates devait offrir les dépouilles au British Museum. De son côté, Garfield écrit qu'en comptant celles que Philby adressa à Bates après le retour de celui-ci en Angleterre, c'est d'environ deux mille peaux qu'ils enrichirent les collections du musée. Ce qui est avéré, d'autre part, c'est que l'exemple de Bates, âgé lors de ce séjour en Arabie de soixante-dix ans, accrut notablement l'intérêt de Philby pour l'ornithologie en général, et pour la collecte de spécimens en particulier. Et ce qui ne l'est pas moins, c'est qu'à la mort de Bates, survenue en 1940, Philby possédait une copie de ses travaux, inachevés, sur les oiseaux d'Arabie. Mais en cette même année qui voit Bates mourir, Philby, hélas, ne se contente pas de marcher sur ses traces, et de parcourir le désert en dépouillant des oiseaux, il passe aussi du temps à la cour d'Ibn Saoud, et il tient en sa présence des propos si contraires aux intérêts de l'Angleterre, et si favorables à ceux de l'Allemagne, que de fil en aiguille c'est dans une prison britannique qu'il se retrouve, d'abord à Liverpool, puis à Ascot, d'où il ne sera élargi qu'en mars de l'année suivante. La contribution de Philby à l'effort de guerre s'arrête là. En juillet 1945, la paix revenue, il reprend sa place à la cour d'Ibn Saoud, et c'est dans ce contexte qu'il reçoit à deux reprises au moins la visite de Meinertzhagen, auquel le monarque, en 1951, fait don de ces trois œufs d'autruche que conserve aujourd'hui le musée de Tring. Quelle part Philby prend-il aux recherches de Meinertzhagen, sinon à l'écriture de *Birds of Arabia*, on ne le sait pas au juste, mais le second se flattant d'avoir passé trois mois à parcourir le Hedjaz, en 1948, puis d'avoir voyagé de nouveau, deux ans plus tard, à travers l'Arabie Saoudite, il est probable qu'il n'a pu le faire qu'avec le soutien du premier, et parfois dans la compagnie de celui-ci. Lorsque le livre paraît, en 1954, il est accueilli dans les cercles spécialisés avec réserve, tant pour son anthropomorphisme supposé que pour la libéralité avec laquelle Meinertzhagen se serait servi dans les manuscrits de Bates dont Philby possédait une copie : une accusation qui ne résiste pas, semble-t-il, à l'examen, Meinertzhagen n'ayant emprunté qu'avec parcimonie au texte de Bates, auquel par ailleurs il rend hommage, dans une note bibliographique, sans omettre de signaler ce que son propre livre lui doit.

Un an avant la parution de *Birds of Arabia*, Philby a perdu son roi, et ses relations avec ses deux successeurs vont osciller désormais entre brouilles et réconciliations, selon qu'il dénonce avec plus ou moins de véhémence les travers de son pays d'accueil. Lorsqu'il est en disgrâce, il trouve refuge à Beyrouth — ou dans la maison qu'il possède à l'écart de la ville, dans la montagne —, où par un heureux hasard son fils Kim, qui depuis la dernière fois que nous l'avons croisé s'est élevé dans la hiérarchie du renseignement soviétique, s'est fait accréditer, en 1956, comme correspondant de *The Observer* et de *The Economist*. Avant d'en finir avec St. John, qui va bientôt nous quitter, force nous est de constater qu'avec l'âge son caractère ne s'est pas amélioré, et qu'il manifeste toujours la même opiniâtreté : comme dans cet épisode, rapporté par Elizabeth Monroe, lors duquel, son véhicule étant tombé en panne sèche dans le désert, il se glisse par en dessous, à l'insu — ou du moins le croit-il — de ses compagnons de voyage, pour percer un trou dans le réservoir, plutôt que de devoir reconnaître qu'il a négligé de le remplir. En revanche ses talents de conteur — exceptionnels, de l'avis général — demeurent intacts, de même que sa propension à enfreindre les interdits de la religion qu'il professe, et c'est après avoir charmé de nouveau un nombreux auditoire, lors d'une soirée bien arrosée à Beyrouth, qu'il meurt d'une crise cardiaque, le 30 septembre 1960, en proférant une phrase dans laquelle certains ont entendu : « Dieu que j'en ai marre ! », et d'autres, plus simplement : « Je m'ennuie. » Anthony Cave Brown, l'auteur d'une biographie des deux Philby intitulée *Treason in the Blood*, et malheureusement dénuée de toute indulgence pour l'un ou l'autre, rapporte que la tombe de St. John, dans le cimetière beyrouthin de Bashoura, fut « éventrée », durant la guerre civile, « ses restes dispersés au vent » et remplacés par ceux d'un combattant de l'OLP : si peu vraisemblable que soit cette dernière avanie, on peut penser que St. John, indéfectible contempteur de l'impérialisme et supporter de la cause arabe, en aurait apprécié l'ironie. (Quoi qu'il en soit, que sa tombe ait été ou non profanée, il restera de lui, outre quelques livres que plus personne ne lit, les noms d'au moins deux oiseaux parmi ceux qu'il a découverts : *Dendrocopos doræ* — un pic, nommé par lui d'après sa patiente épouse — et *Alectoris philbyi* — une perdrix désertique dont la population est mentionnée comme « stable », aujourd'hui, dans les ouvrages spécialisés.) Deux ans et demi après la mort de St. John, Kim, sentant l'étau des services alliés se resserrer, devra quitter Beyrouth en toute hâte, à bord d'un cargo soviétique, à destination de cette patrie du socialisme qu'il aura servie avec zèle toute sa vie, et dans laquelle il finira ses jours un quart de siècle plus tard. Brown rapporte que dans son dernier domicile, à Moscou, Kim élevait des perruches, un passe-temps dont le goût lui venait peut-être de son père.

Wilfred Thesiger, quant à lui, n'était pas du genre à élever des perruches, pas plus qu'à trahir son pays au profit de l'Union soviétique. Si nous le faisons intervenir dans ce récit, c'est parce que lui aussi a dépouillé des oiseaux, par centaines, avant d'en faire don au British Museum, et parce que sa trajectoire, à un moment donné, croisera celle de Philby. Pour ce qui est du dépouillage des oiseaux, c'est surtout dans sa jeunesse qu'il s'y est adonné, à un âge où sans doute il était désireux de s'imposer non seulement comme un grand explorateur, mais comme un contributeur au majestueux édifice des sciences naturelles britanniques. Wilfred Thesiger est né en 1910 à Addis-Abeba, ce qui fait de lui, souligne-t-il dans son autobiographie, *The Life of My Choice*, le « premier enfant britannique à être né sur le sol éthiopien ».

En 1934, sa première grande expédition, à travers le pays Danakil, le conduit jusqu'au point où les eaux de la rivière Awash se perdent dans le lac Abbe — comme on le présumait, mais comme aucun voyageur n'avait eu le loisir de le vérifier avant lui —, et dans cette circonstance il prélève, et prépare (ou fait préparer), un nombre d'oiseaux s'élevant à 872, et « comprenant, précise-t-il, 192 espèces et sous-espèces ». Assez nombreux, en tout cas, et assez remarquables, pour faire l'objet d'un article — « Birds from Danakil, Abyssinia » — que Thesiger, suivant l'usage de la plupart des sujets britanniques mentionnés dans ce récit, publie dès son retour dans la revue *Ibis*. Entre Meinertzhagen et lui, d'autre part, il est difficile d'établir lequel des deux a tué le plus grand nombre de fauves, mais c'est probablement Thesiger. Et c'est encore lui, sans aucun doute, qui a tué le plus grand nombre d'Allemands, lorsque après avoir pris part, contre les Italiens, à la libération de l'Éthiopie, et à la restauration de Hailé Sélassié sur son trône, il combat avec le SAS (Special Air Service) dans le désert libyen, menant derrière les lignes de l'Afrika Korps des raids particulièrement meurtriers. Cet épisode le conforte dans le sentiment que la vie humaine, après tout, n'a rien de sacré, puisque l'on peut dans certaines circonstances y attenter sans encourir de reproches, sentiment qui plus tard lui fera considérer avec indulgence les sanglantes vendettas auxquelles se livrent les Bédouins, de tous les hommes ceux dont il se sentira le plus proche. C'est également dans le désert libyen, puis dans le désert tunisien, qu'il découvre le plaisir que l'on peut éprouver à poursuivre, à bord de véhicules lancés à toute allure, un ennemi en retraite, bien que d'un autre côté il partage avec Philby, et avec Meinertzhagen, la conviction que l'automobile est incompatible avec le désert, et qu'elle y entraînera la destruction de tout ce qui en faisait la beauté. En 1945, Thesiger se voit offrir par la FAO (Food and Agriculture Organisation) son rattachement à la Middle East Anti-Locust Unit — l'unité moyen-orientale anti-criquets —, à charge pour lui de rechercher la source, dans la péninsule arabique, de ces pullulations d'orthoptères qui peuvent mettre en péril l'économie de pays entiers. (La Palestine en a fait l'expérience trente ans plus tôt, frappée par une invasion de criquets si dévorants que non seulement ils dénudèrent les arbres et détruisirent les récoltes, mais que selon Scott Anderson, dans son livre *Lawrence in Arabia*, ils asséchèrent les yeux du bétail, par succion, et ceux de quelques enfants laissés sans surveillance.) Par la suite, il semble qu'il s'intéressera beaucoup moins à la lutte contre les criquets, qui n'occupe que quelques pages dans *Arabian Sands*, le récit de ses aventures en Arabie, qu'à son propre projet d'explorer le grand désert saoudien, sur les traces de Bertram Thomas et de St. John Philby. Sa première traversée des Sables — ainsi que les Bédouins, fait-il observer, désignent le Désert des Déserts — se déroule d'octobre 1946 à février 1947, et la seconde au cours de l'année suivante. Lors de la première, Thesiger n'a empiété que brièvement sur le territoire d'Ibn Saoud, tandis que lors de la seconde il s'y enfonce profondément, et cela bien que sa demande d'autorisation ait été au préalable rejetée. Aussi lorsque l'émir de Sulayyil, le 27 janvier 1948, signale à son souverain l'arrivée inopinée d'un chrétien (d'un *kafir*) ayant traversé les Sables Dieu sait comment, Ibn Saoud entre dans une grande colère, et donne l'ordre à son représentant de jeter en prison toute l'expédition. Bien que Thesiger, au bout du compte, en vienne toujours à justifier toutes les mesures, même les plus cruelles, prises par les Bédouins pour se protéger de l'influence corruptrice du monde extérieur, les pages qu'il consacre à cet épisode, dans *Arabian Sands*, témoignent tout d'abord d'une humeur assez sombre. Se souvenant d'avoir rencontré quelques mois plus tôt, à la périphérie d'un village dans la région du Tihama, trois jeunes garçons fraîchement amputés de la main droite, pour la seule raison qu'ils n'avaient pas été circoncis dans les règles, Thesiger craint que les Bédouins qui l'accompagnent, coupables d'un crime bien plus grave, ne connaissent au minimum un sort semblable.

D'autant que les habitants de Sulayyil, sinon l'émir lui-même, se montrent particulièrement incivils, les adultes crachant au passage de l'infidèle et de sa suite, et les enfants leur faisant escorte en braillant que « maintenant le roi va couper la tête du chrétien et celles de ses compagnons ». C'est alors que Philby entre en scène : Philby que Thesiger a rencontré quelques mois auparavant à Djeddah, puis à Londres — même si c'est avec une pointe d'exagération que dans *Arabian Sands* il l'évoque comme « un vieil ami » —, et qu'il a mis au courant de ses projets. Si bien que St. John, lorsqu'à la cour d'Ibn Saoud il entend parler de l'arrestation d'un chrétien à Sulayyil, ne doutant pas qu'il s'agisse de Thesiger intercède en sa faveur auprès du roi, obtient de celui-ci, non sans mal, qu'il le fasse élargir, et reçoit par surcroît l'autorisation de le rejoindre à Laïla, une villégiature située à quelque 160 miles au nord-est de la précédente, et à peine plus hospitalière que celle-ci. « J'étais enchanté de le voir », écrit Thesiger, et il n'y a aucune raison de ne pas le croire. Afin d'illustrer le puritanisme des wahhabites — qu'il justifie, au demeurant, tout comme Thesiger, par la nécessité de « préserver dans quelques zones reculées les qualités que nous admirions tous deux chez les Arabes » —, Philby lui raconte comment le roi, en sa présence, entendant chanter un enfant qui conduisait des chameaux (des

dromadaires) dans les rues de Riyad, a fait saisir
et comparaître celui-ci, et l'a condamné au fouet
après lui avoir demandé s'il « se rendait compte
qu'en chantant il succombait aux tentations du
diable ». Après toute une nuit passée à s'entre-
tenir de ce genre de choses avec Philby, qui le
tient pour « un de nos plus grands voyageurs à
l'ancienne, de l'étoffe d'un Burton ou d'un
Doughty », Thesiger poursuit son chemin
jusqu'au littoral du golfe Persique, qu'il atteint
à la mi-mars 1948. Il s'y lie d'amitié avec un des
cheikhs d'Abou Dhabi, Zayed, le futur fondateur
de la fédération des Émirats arabes unis, et
d'autre part un expert dans l'art de la fauconne-
rie. « Je serais bien resté indéfiniment parmi les
Bédouins, écrit Thesiger dans *The Life of My
Choice*, mais des circonstances politiques indé-
pendantes de ma volonté me les ont finalement
rendus inaccessibles. » « Dans le cours de l'année
1950, ajoute-t-il, à la recherche d'une alternative
au désert, j'ai voyagé trois mois [en fait huit au
total, s'il faut en croire ce qu'il écrit dans *Desert,
Marsh and Mountain*, trois durant l'été 1950, et
cinq autres à partir du printemps suivant], à cheval, parmi les montagnes du Kurdistan d'Irak. »
Thesiger y trouve les paysages « magnifiques »,
en particulier quand ils sont au printemps tapis-
sés de fleurs sauvages, « des anémones rouges ou
blanches sur les basses pentes, couvrant des collines entières », mais aussi des renoncules rouges,

des glaïeuls, des iris bleu sombre, et en altitude des lys tigrés, des gentianes bleues et des « tulipes écarlates à profusion ». (À défaut de collecter des oiseaux, lors de ces voyages au Kurdistan, il recueillera pour le British Museum quelque mille spécimens de plantes, dont plusieurs qu'il ne peut identifier malgré l'étendue de ses connaissances dans ce domaine.) En revanche, convient-il dans *The Life of My Choice*, « après ces années passées parmi les Arabes, je me sentais moins d'affinités avec les Kurdes ». Mais il n'y paraît pas dans le récit qu'il fait de ces deux voyages, à moins que sa brièveté — à peine une huitaine de pages dans *Desert, Marsh and Mountain* — ne doive être interprétée comme un signe de sa moindre sympathie pour les Kurdes. Lors du second séjour, au printemps 1951, lesté de quelques livres — parmi lesquels *Lord Jim*, dont il ne se sépare guère en voyage —, d'un appareil photo, d'un fusil Rigby .275 et des munitions qui vont avec, accompagné d'un guide du nom de Nasser, qu'il décrit comme « chaleureux, de bonne humeur et infatigable », Thesiger estime qu'il n'y a que « peu de villages [qu'il n'ait] visités, peu de montagnes [qu'il n'ait] escaladées ». « Je pense qu'aucun étranger, conclut-il, n'a vu de ce pays autant que je l'ai fait au cours de ces huit mois. » Bien que Thesiger, durant ce séjour, manifeste décidément plus de curiosité pour la flore que pour l'avifaune, il note la présence, dans les montagnes, de craves à bec rouge en grand nombre, de vautours fauves et de gypaètes, l'un de ces derniers vu de si près qu'il distingue à l'œil nu les longues vibrisses qui « sont à l'origine de son autre nom, le vautour barbu ». Et c'est également au Kurdistan que devant la dépouille d'un ours qu'il vient d'abattre (« les ours, relève-t-il, n'étaient pas rares […], et dans les lieux les plus reculés on disait qu'il y avait un peu de léopard »), il prend la résolution, à laquelle il ne semble pas s'être tenu strictement par la suite, de ne plus tuer d'animaux sinon pour se nourrir, ou pour mettre un terme aux dégâts qu'ils occasionnent.

La ville de Dohouk — dans le voisinage de laquelle, on a trop tendance à l'oublier, Sir Percy Cox et le major Cheesman prélevèrent en 1922 un spécimen de traquet kurde aujourd'hui conservé au musée de Tring, et quelques jours plus tard un spécimen d'une espèce non précisée que Meinertzhagen, en 1947, tentera de s'approprier —, la ville de Dohouk, parmi d'autres curiosités, possède un évêché, ou du moins la résidence d'un évêque, et une grande roue de fête foraine, la seconde visible depuis le jardin du premier.

Lorsque nous nous présentons pour le rencontrer — ayant échoué, auparavant, à le joindre par téléphone —, l'évêque dort, s'il faut en croire le garde, armé, qui assure la sécurité de l'évêché. Une heure passe, pendant laquelle nous patientons en compagnie de trois femmes qui ont chacune quelque chose à demander à l'évêque, et qui tantôt attendent devant la porte du presbytère — ou quel que soit le nom de cette résidence épiscopale —, tantôt se réfugient, à l'abri de la chaleur, dans une fausse grotte de Lourdes aménagée en contrebas de l'église : laquelle est d'une taille et d'une visibilité inhabituelles dans un pays où prévaut l'islam sunnite. Pour excuser la longueur de sa sieste, le garde chargé de la sécurité de l'évêque nous assure que tous les jours, dès 7 heures du matin, celui-ci travaille d'arrache-pied, et qu'aujourd'hui il a encore un enterrement à expédier dans la soirée. Lorsque enfin il paraît, Mgr Rabban, qui s'apprête à prendre le volant de son 4 × 4 pour se rendre à ce fameux enterrement — ou peut-être s'agit-il plus exactement d'une veillée funèbre —, Mgr Rabban est vêtu d'une soutane noire et d'une étole violette, assortie à la couleur de sa calotte. Il porte un gros crucifix en sautoir. Bien que de prime abord il affirme ne disposer que d'une minute, il nous reçoit longuement, pour finir, développant d'une voix monocorde des vues extrêmement sombres sur l'influence qu'exercent dans le monde entier l'Arabie Saoudite et le genre d'islam qu'elle professe.

À la nuit tombée, vers 19 heures, s'allument les tubes de néon dont la grande roue du parc Dream City est revêtue, en même temps qu'elle paraît sur le point de se mettre à tourner, avant d'y renoncer. Peut-être parce qu'il n'y a personne pour prendre place dans ses nacelles

— que la prudence en soit la cause, ou le coût élevé de cette attraction —, peut-être parce que le vent commence à souffler et le tonnerre à gronder. Cependant l'orage n'éclate pas, ou pas vraiment, mais le vent, quant à lui, soufflant par moments en rafales, fait gémir et grincer la haute quincaillerie des manèges, tous aussi désertés que la grande roue. Dans les sombres allées du parc — sombres pour ménager une certaine intimité à ses usagers, quand il y en a, plutôt que par souci d'économie —, on entend se déchaîner les grenouilles à proximité des attractions, nombreuses, comportant une dimension aquatique. L'entrée du parc — flanquée d'une statue de Mickey et d'une autre de Donald, ce qui à tout prendre vaut sans doute mieux qu'une statue de Saddam Hussein —, l'entrée du parc étant payante, ses allées sont bien peignées et vierges de tout déchet, non moins que les haies de lauriers-roses ou les pelouses qui les bordent. À la longue, on finit par y découvrir deux ou trois couples et quelques petits groupes de filles entre elles.

Peu après la visite du parc, sur la rive opposée, par rapport à ce dernier, d'une artère drainant un flot ininterrompu de véhicules, Saïd le fixeur et Saber le chauffeur, précédant l'auteur de ces lignes, tombent dans le hall de l'hôtel Dilshad Palace sur le capitaine M..., un officier de renseignements de l'armée kurde, flanqué de son garde du corps. L'un et l'autre sont en treillis et se présentent comme revenant du front, et plus précisément d'un secteur de celui-ci où des combats, disent-ils, ont eu lieu dans la journée.

À Zakho, Saber, qui vraisemblablement est non seulement quelqu'un de gentil, mais, ce qui est beaucoup plus rare, quelqu'un de bon — il lui est arrivé de devoir quitter le lieu d'une interview parce que le récit d'une victime d'atrocités le faisait fondre en larmes —, et à raison de deux ou trois prières par jour, tout au plus, quelqu'un de raisonnablement pieux, Saber a raconté comme si elle était drôle une histoire qui ne l'était aucunement, et qui concernait un de ses proches parents. Jeune, le proche parent de Saber — disons, son cousin — était tombé amoureux, et réciproquement, d'une jeune fille non moins kurde que lui, mais appartenant à un clan distinct, et peut-être ennemi, du clan de ses parents. Lesquels s'opposèrent au mariage des deux jeunes gens, si opiniâtrement que la jeune fille en vint à s'immoler par le feu, et le cousin de Saber à se jeter dans une rivière du haut d'un pont. Ce que Saber trouve drôle, apparemment, dans cette histoire, c'est que son cousin se soit jeté à deux reprises du même pont sans parvenir à se noyer, et s'il a choisi ce moment pour la raconter c'est parce que nous nous trouvions sur le pont d'où le cousin s'était jeté, un vieux pont ottoman, à cinq arches, que l'on pourrait décrire comme une grossière ébauche du pont de Mostar, et qui à Zakho franchit le Petit Khabur peu avant que ses eaux, abondantes et boueuses en cette saison, aillent se mêler à celles du Tigre.

La plupart des cartes de cette région, au moins de celles qui sont accessibles au public, présentent un si grand nombre d'imprécisions ou d'erreurs qu'il est presque impossible, de prime abord, de déterminer si c'est l'Hezil Çayı, une rivière née en Turquie sur les hauteurs du Taurus, qui est un affluent du Petit Khabur, ou le Petit Khabur un affluent de l'Hezil Çayı, et par conséquent lequel des deux va se jeter dans le Tigre. En fin de compte, il ressort de la carte disponible sur Google Maps — la plus exacte sinon la plus lisible — que c'est bien l'Hezil Çayı qui conflue avec le Tigre, en un point qui voit également converger les frontières de la Turquie, de l'Irak et de la Syrie. Que cette convergence résulte des efforts déployés par Sykes et Picot sur la carte du Moyen-Orient, pendant la Première Guerre mondiale, ou plus vraisemblablement d'aménagements ultérieurs, c'est elle que l'on découvre, à la sortie du village de Faysh Khabur, du haut d'un promontoire dominant le cours du Tigre et planté de constructions anciennes.

On est alors en milieu de journée, la lumière tombe, verticale, sur les ruines d'une vieille maison en pierre qui abrite quelques familles yezidies réfugiées de Sinjar, et qui dut avoir dans le passé une fonction militaire, à en juger par l'épaisseur de ses murs et par la position qu'elle occupe au-dessus de ce nœud de frontières. Sur la droite, une route, bloquée par un barrage de peshmergas, mène à la berge du fleuve, et à l'embarcadère du bac, dont le service est interrompu, à destination de la Syrie. La Syrie dont le peu que l'on voie, depuis le promontoire, présente un caractère résolument bucolique : champs de blé d'un vert argenté, qu'un souffle d'air parfois fait onduler, arbres fruitiers, maisons éparses d'un village où de cette distance on ne perçoit aucune activité, et que Saïd me dit être sous le contrôle d'une milice assyrienne inféodée au PYD (le parti dont le bras armé s'est illustré à Kobané, et qui entretient des liens étroits avec le PKK — le Parti des travailleurs du Kurdistan —, s'il n'est pas une simple émanation de ce dernier). Au milieu du Tigre s'étend une île basse, ou un banc de sable, couverte de roseaux, dont la position et l'étendue doivent être sujettes à des variations saisonnières, peut-être assez marquées pour la faire osciller d'un pays à l'autre si c'est le fil de l'eau qu'emprunte le tracé de la frontière.

Du point de vue d'*Œnanthe xanthoprymna*, le problème, avec le Kurdistan irakien, c'est que même si les montagnes y sont bien représentées, une grande partie du territoire de ce dernier se situe malgré tout en dessous de l'altitude qui lui convient. Ayant échoué à retrouver dans l'arrière-pays de Zakho le village signalé par Serge Mouhedin, le pépiniériste kurdo-normand, j'ai repris la route — ou plutôt Saber a repris la route — en direction d'une région, proche du point culminant de tout l'Irak, où la nature a la réputation d'être d'autant mieux préservée qu'elle est encore truffée de vieux champs de mines. Comme un peu partout dans le monde, mais plus particulièrement dans le Moyen-Orient, la laideur qui prévaut dans les plaines, et le long des grands axes, s'atténue et finit quelquefois par disparaître (quitte à se ménager ici et là des résurgences) au fur et à mesure que le terrain s'accidente et que les routes se font plus étroites et plus sinueuses. Entre Akre et la bifurcation en direction de Soran, il n'y a pas grand-chose à voir, sur cet itinéraire, excepté quelques alouettes (ou quelques cochevis) en vol ascensionnel au-dessus des champs de céréales, et quelques cigognes qui ont imprudemment fait leurs nids au sommet de pylônes électriques supportant des câbles à haute tension. Passé la bifurcation, la route s'élève en une série de lacets, au bord desquels des marchands ambulants proposent des jouets de facture très rustique, en particulier des vaches gonflables ressemblant à de petits tonneaux, et des bottes d'un légume sauvage qui au printemps pousse dans les montagnes, et qu'à défaut de connaître son vrai nom je désignerai comme le poireau kurde.

De l'époque de Saddam, les autorités du gouvernement régional ont conservé le goût de la statuaire, mais en l'appliquant parfois à des objets qu'aurait probablement dédaignés le régime baassiste : telle la carpe géante, prise dans les mailles d'un filet et environnée de carpillons, qui se tient debout sur sa queue au milieu du rond-point de Kalak, sur la route d'Erbil à Dohouk, ou sur celle-ci la perdrix également géante, bien que dans une moindre mesure, qui avec d'autres sculptures animalières orne les abords de la cascade de Gali Ali Bag. Puis la route suit pendant quelque temps les gorges de la Rawanduz, elle côtoie les pentes encore partiellement enneigées, en ce début du mois de mai, du massif de Sakran, avant d'atteindre le village de Choman, un village calme, sinon endormi (ce dont le trafic routier ne lui laisserait pas le loisir), sitôt que se sont tus les haut-parleurs de la mosquée. Shwan, le correspondant local d'une chaîne de télévision, soutient qu'il y a deux ans quelqu'un a tué un léopard dans la région, mais comme d'autres sources font état d'un léopard tué à la même époque dans la province d'Halabja, il y a tout lieu de penser qu'il s'agit d'un seul et même animal (qu'au moins un léopard ait été tué au cours de ces dernières années dans les montagnes du Kurdistan d'Irak, cela ne fait aucun doute, la photo de sa dépouille jetée en travers d'un capot de voiture étant visible sur internet). Et ce qui ne fait pas plus de doute que le meurtre du léopard, c'est que le même Shwan a assisté l'hiver dernier au sauvetage, par un médecin venu tout spécialement d'Erbil, d'un ours tombé dans un piège. La route que Shwan préconise, à la sortie de Choman, pour atteindre une zone compatible avec les exigences vitales du traquet kurde, cette route, non revêtue, gravit le versant sud de l'Halgurd, le point culminant de l'Irak, jusqu'à une altitude que j'ignore, n'ayant pu l'emprunter jusqu'au bout, mais qui est sans doute bien supérieure à 2 000 mètres. Comme on est vendredi, jour férié, et comme les Kurdes, à l'instar des Perses, sont très friands de pique-niques, la

montagne est parsemée de petits groupes ins-
tallés de part et d'autre de la piste et toujours
à proximité immédiate de celle-ci. Sur les bas-
côtés, des panneaux indiquent la position pré-
sumée des champs de mines datant de la guerre
avec l'Iran, également signalés, dans la nature,
par des piquets sommés d'un triangle inversé
orné d'une petite tête de mort. Les seuls à se
hasarder à l'écart de la piste sont les ramasseurs
de poireaux kurdes, dans la mesure où ce légume
pousse dans des pierriers fortement inclinés et
peu propices à la pose de mines.

À l'altitude où commence ce que sans trop
savoir je désignerai comme la prairie alpine
— herbe rase, rochers, buissons épars —, on
entre sur un territoire où, en cette saison, le traquet kurde est susceptible de se reproduire. Plus
précisément, si le traquet kurde, en période de
reproduction, fréquente comme il est probable
le massif de l'Halgurd, c'est dans un tel décor
(dans un tel biotope) qu'il devrait être possible
de l'apercevoir. Mais dans un premier temps,
confiné par la crainte des mines à la largeur de
la piste et de ses bas-côtés, on ne rencontre que
des espèces d'une bien moindre rareté, telles que
le bruant mélanocéphale, le cochevis huppé ou
encore le traquet oreillard, un proche parent du
traquet kurde, mais impossible à confondre avec
ce dernier. Là où la piste s'interrompt, barrée
sur une cinquantaine de mètres par une coulée

de neige, on observe également, perché sur un rocher, solitaire, au milieu des piquets sommés d'une tête de mort, un oiseau qui se distingue autant par son dos gris bleuté et ses joues noires que par sa poitrine orange, et que pour cette raison, sans doute, on a baptisé en français du nom d'iranie à gorge blanche. Mais, ce jour-là, pas le moindre traquet kurde.

De retour sur la route principale, si on emprunte celle-ci vers l'est on atteint après quelques kilomètres le village d'Haji Omran, que l'on pourrait croire abandonné tant il paraît pauvre et déglingué. La route qui le traverse, poussiéreuse, jonchée sur les bas-côtés de débris, évoquant le décor d'un duel, ou d'un combat opposant deux bandes rivales, dans un western, cette route mène à la frontière iranienne, si proche que depuis le bout du village on distingue le bâtiment de la douane. C'est là, à la sortie d'Haji Omran, qu'en avril 1991, après cette guerre contre Saddam Hussein que les Américains ne firent qu'à moitié, laissant au dictateur toute latitude d'écraser les populations qui avaient profité des circonstances pour se révolter, des peshmergas collectaient les armes dont les hommes devaient se séparer avant de franchir la frontière, et qu'ils les amassaient sur le bord de la route, en vrac, formant un tas plus considérable d'heure en heure. La colonne de réfugiés d'où ces hommes étaient issus s'allongeait en territoire irakien sur plusieurs dizaines de kilomètres, s'écoulant avec une extrême lenteur, mêlant les piétons, le bétail, les voitures, les camions, les tracteurs et d'autres véhicules manifestement inadaptés au transport de passagers, tels que moissonneuses-batteuses ou engins de chantier. La plupart étaient chargés non seulement des effets personnels que les réfugiés avaient pu rassembler avant de fuir, mais de bois mort ramassé en chemin afin de limiter les risques de mourir de froid ou de faim. Un peu partout — en particulier là où la route enjambait le cours d'un torrent grossi par la fonte des neiges —, des campements se mettaient en place sur les bas-côtés, autour d'un feu, malgré la présence de ces mines qui avaient déjà causé dans le convoi plusieurs accidents parfois mortels. Sur la berge d'un torrent, à côté du cadavre ballonné d'un âne, et non loin de deux tertres de dimensions inégales signalant les tombes d'un adulte et d'un enfant morts au cours de la nuit précédente, des femmes faisaient la lessive et étendaient leur linge, profitant de quelques heures d'ensoleillement après plusieurs jours de mauvais temps.

Cette expérience de l'exode, consécutif à un soulèvement et à l'écrasement de celui-ci, presque tous les Kurdes d'Irak l'ont faite au moins une fois dans leur vie. (Lorsqu'à deux reprises il visite cette région, au milieu du siècle dernier, Thesiger note déjà que « la plupart des villages [sont] en ruine et leurs vergers détruits ».)

Fakher et Muhammad Saddik appartiennent tous deux à une génération qui a dû fuir en 1975 les assauts lancés contre le Kurdistan par l'armée de Saddam, pour ne revenir qu'en 1992, après l'établissement par les Américains et leurs alliés d'une zone protégée dans le nord de l'Irak. L'un et l'autre ont passé leurs dix-sept années d'exil en Iran, où le second a mené à bien des études d'agronomie. Aujourd'hui Fakher est responsable, dans la région de Barzan, d'un projet environnemental et culturel aux contours assez flous, et Muhammad Saddik est l'un des photographes et cinéastes animaliers les plus talentueux de son pays, qui n'en compte guère. Tous deux sont amis et partagent le même intérêt pour la nature, même si le premier semble plus conservateur que le second, ne serait-ce que parce que son épouse, non plus qu'aucune femme, n'assiste au repas qu'il nous offre sous son toit. D'autre part il porte le costume traditionnel des Kurdes — celui que le public associe aux peshmergas, les combattants —, tandis que Muhammad Saddik est vêtu d'un blue-jean et d'une chemise à fines rayures. En 2012, l'année où il a pris sa retraite de directeur de l'agriculture dans le district de Barzan, Muhammad Saddik a rencontré un ornithologue britannique, Richard Porter, coauteur d'un guide des oiseaux d'Afrique du Nord et du Moyen-Orient, auquel il soumet désormais ses images lorsqu'il a le moindre doute sur l'identité de tel ou tel spécimen : ainsi de cette glaréole à ailes noires qu'il a photographiée récemment, et dont Porter lui apprit qu'elle n'avait plus été observée dans la région depuis un siècle. Bien que pauvrement équipé, par comparaison avec ses homologues américains ou européens, Muhammad Saddik dispose tout de même d'un matériel assez sophistiqué pour filmer de nuit, en son absence et à leur insu, des animaux aussi farouches que le loup, le lynx ou l'ours. Sur l'un de ces petits films baignés par l'infrarouge d'une lumière verdâtre, on voit un ours escamoter le cadavre d'un bouquetin qu'un loup se disposait à dévorer, et sur un autre un ours, de nouveau, en train de prendre un bain nocturne dans une source, renversé sur le dos, les pattes en l'air, avec des gestes si anthropomorphes que l'on s'étonne de ne pas le voir utiliser une brosse à long manche et un gant de toilette.

C'est en 2014, semble-t-il, que Muhammad Saddik a photographié pour la première fois un traquet kurde, et cela se passait au printemps, sur les pentes du mont Shirin, à plus de 1 500 mètres d'altitude. Il y a deux semaines, sur l'Halgurd, là où je n'ai rien vu de mieux qu'un spécimen d'iranie à gorge blanche, il a eu la chance de photographier un autre traquet kurde dans la neige, depuis l'intérieur de sa voiture, son téléobjectif calé sur un sac de riz. Le lendemain de notre première rencontre — laquelle survient le lundi 2 mai 2016 à Barzan, dans le cadre formé par la tombe de Mustapha Barzani, héros maintes fois défait de l'indépendance kurde et père de l'actuel chef de l'État, le haut mât de pavillon qui signale cette tombe, l'énorme bâtiment de style saddamique qui en constitue l'arrière-plan et le hangar contenant plusieurs centaines de chaises en plastique destinées à l'accueil du public lors de cérémonies officielles —, le lendemain de notre première rencontre, ayant franchi au lever du jour le col entre Akre et Bele en même temps qu'un troupeau transhumant de chèvres noires, au nombre exactement de cinq cents (plus quatre chiens) d'après le berger qui les mène, leur masse mouvante et sombre progressant inexorablement, à une allure invariable, en coupant les lacets de la route, nous avons retrouvé Fakher et Muhammad Saddik, le premier en costume traditionnel et le second vêtu comme la veille d'un blue-jean et d'une chemise à fines rayures, avant d'entreprendre avec eux, sur le versant sud du mont Shirin, cette excursion lors de laquelle je devais pour la première fois observer dans la nature un traquet kurde. Les choses se sont passées de la façon suivante. Au départ de Bele, nous avons suivi quelque temps le cours du Grand Zab avant de nous engager dans des gorges — celles de la Rukudjek ? —, puis encore des gorges, dominées celles-ci par la montagne où s'épanche la source, invisible depuis la route, accueillante à l'ours anthropomorphe. Au fur et à mesure que nous nous élevions dans les montagnes, Saber, le chauffeur, s'émerveillait d'y trouver une route revêtue, s'inquiétant de savoir si cet équipement datait du temps de Saddam, à quoi Muhammad Saddik se récria que jamais Saddam, pas plus que son armée, ne s'était aventuré jusque-là. Des guêpiers, revenus depuis peu de leur zone d'hivernage, volaient au ras du sol, leur plumage coloré étincelant au soleil, cependant qu'en altitude planait un vautour fauve : le seul de son espèce que je verrai pendant toute la durée de mon séjour, alors que la persistance dans cette région, sur une grande échelle, de l'élevage tant ovin que caprin, jointe à l'absence probable d'un service de collecte et d'équarrissage des bêtes mortes, offrirait aux charognards des conditions idéales s'ils ne faisaient l'objet d'une chasse effrénée. Apprenant que l'oiseau que je recherchais avait été observé l'an dernier au sommet d'un volcan d'Auvergne, Fakher fit une réflexion qui peut nous paraître banale, mais qui de sa part ne l'était pas, sur la communauté de destin liant le traquet kurde au peuple qui le voit se reproduire. Et comme je me plaignais, d'autre part, de ne trouver dans les montagnes aucune de ces fleurs — coquelicots, tulipes, anémones… — que Thesiger y avait rencontrées en abondance, le même Fakher, avec une mauvaise foi dictée par son désir de sauvegarder la réputation de son pays, m'assura, contre toute évidence, qu'il était trop tard dans la saison (assertion démentie par le fait qu'en de très rares endroits, des coquelicots, malgré tout, fleurissaient impétueusement). La piste que nous devions emprunter commençait au-dessus d'un village du nom de Kanibot. Elle avait été tracée, quelques années auparavant, par une compagnie pétrolière dont on ne voit pas bien ce qu'elle s'attendait à trouver au sommet d'une montagne, et comme ses recherches, en effet, avaient échoué, la piste désormais inutile avait été interdite à la circulation par le creusement d'une sorte de fossé antichar. C'est donc à pied que nous nous y sommes engagés, Fakher, Muhammad Saddik, Saïd le fixeur et moi-même, au milieu de la matinée du mardi 3 mai 2016. Le soleil était déjà haut et la chaleur assez vive. Bref, pour moi au moins ce fut une excursion difficile. Peut-être aurait-elle pu, par surcroît, être interrompue par une visite inopinée de combattants du PKK, la région desservie par cette piste, toute proche de la frontière turque qui forme à ce niveau un saillant, étant réputée propice aux activités de ces derniers.

La piste montait par paliers, une pente assez forte succédant à un plat, ou à un faux plat, sensiblement plus long, et ainsi de suite. Mais ce qui ne variait pas, c'était l'absence d'ombre, même dans sa partie la plus basse, là où les affleurements rocheux alternaient avec les bouquets de chênes verts. Et tout du long, sans interruption, elle était constellée de sauterelles, innombrables, ventrues, apparemment aptères, et ne sautant, comme leur nom les invite à le faire, que lorsqu'on était sur le point de leur marcher dessus. Pourquoi si peu d'oiseaux songeaient-ils à profiter de cette aubaine, c'est une énigme dont aucun d'entre nous ne connaissait la clef. À partir du moment où disparaissaient les chênes verts, et où la végétation devenait uniformément rase, ou d'une hauteur limitée à celle des buissons épars, excepté là où des saules avaient poussé sur les bords d'un ruisseau, l'oiseau qui s'imposait, omniprésent, suscitant par son chant monotone des sentiments mêlés de mélancolie et de léger agacement, à la longue, cet oiseau était le bruant mélanocéphale, dont la tête noire contraste avec le ventre d'un jaune éclatant. Un peu plus haut, comme sur les pentes de l'Halgurd, se voyaient des traquets oreillards. Par moments, Muhammad Saddik se moquait amicalement de Fakher, dont il soutenait que la tenue de marche — exactement semblable à sa tenue de ville, à l'exception peut-être des pompes — le désignait comme un de ces guérilleros du PKK dont on a dit déjà que cette montagne recelait probablement quelques-uns. La chaleur, bien sûr, allait croissant. En milieu de journée, vers une heure ou deux de l'après-midi, nous avons fait halte près d'une source, dont l'eau, avant de poursuivre sa course, était recueillie dans un bac cimenté, et autour de laquelle quelques déchets domestiques, ainsi qu'une grande abondance de crottes de chèvres, témoignaient de sa fréquentation par les bergers. Il y avait aussi un peu d'ombre. Et les téléphones captaient, imprévisiblement, de telle sorte que Muhammad Saddik put recevoir un appel d'un ami de Dohouk lui signalant que non loin de là des combats étaient en cours, dont les échos se faisaient entendre jusqu'en ville. Après le déjeuner, Muhammad Saddik crut voir un traquet kurde — alors que nous n'en avions toujours pas observé — s'engouffrer dans un trou de rocher, et il m'invita à m'asseoir à quelque distance, muni de mes jumelles, et à attendre que l'oiseau ressorte pour l'identifier. Au fond du trou, on distinguait dans l'ombre un oiseau en train de couver, indéniablement, mais même un expert, me semble-t-il, aurait été incapable d'en déterminer l'espèce, alors qu'installé sur son nid il se présentait de face, ne laissant voir que son front, ses deux yeux et la pointe de son bec. Et même s'il s'était avéré qu'il s'agissait effectivement d'un traquet kurde, je n'aurais pu me satisfaire, après tant d'efforts, d'une observation aussi médiocre. Lorsque la chaleur fut un peu moindre, nous avons repris notre ascension le long de la piste, Muhammad Saddik et moi, jusqu'au premier névé, croisant en chemin une petite troupe de bouquetins, observant successivement une iranie à gorge blanche et quelques traquets oreillards, puis enfin, perché sur la crête d'un long affleurement rocheux, un oiseau qu'à ses joues noires, son dos beige, son sourcil blanc et son ventre également blanc, mais distinctement teinté de roux à la base de la queue, celle-ci noire et blanche une fois déployée, nous avons reconnu sans risque d'erreur comme un spécimen de traquet kurde, le premier qu'il m'ait été donné de voir dans la nature. Peu après, à la limite du grand névé que nous nous étions fixé pour but, et à une altitude estimée par Muhammad Saddik à 1 926 mètres, nous avons observé plus longuement, et de plus près, un autre mâle de la même espèce, qui comme le précédent voletait de rocher en rocher, sur une pente encore partiellement enneigée et irrégulièrement plantée de buissons épineux, à petites fleurs roses, que sans trop savoir j'identifiai comme une variété moyen-orientale d'églantier. La scène aurait été parfaite si la compagnie pétrolière qui avait frayé cette piste n'avait abandonné en se retirant quelques épaves, et en particulier, au niveau où nous nous trouvions, une batterie de trois chiottes montés sur pilotis, d'une blancheur lustrée de réfrigérateur ou de machine à laver, désormais privés d'eau mais encore utilisable pour l'un d'entre eux. De l'intérieur de celui-ci, qui comme les deux autres était privé de porte, on jouissait de la vue la plus belle, et la plus étendue, qu'il ait été donné à quiconque d'embrasser dans une telle situation.

À l'entrée de la ville de Bardarash — à l'entrée si l'on vient d'Erbil, à la sortie si l'on vient de Dohouk —, l'équivalent local d'une aire de repos offre aux voyageurs les secours d'une mosquée, d'un bassin dont l'eau claire est continuellement renouvelée et d'au moins deux boutiques dont l'une vend des fruits et des jouets, l'autre de l'épicerie, la vitrine de la seconde étant par ailleurs décorée de billets de banque de différentes nationalités, la plupart à l'effigie de dictateurs morts : Mao Tse-toung, Saddam Hussein, Atatürk ou l'ayatollah Khomeiny. Sous l'auvent protégeant l'entrée de la mosquée se voyait le 10 mai, qui était un mardi, un nid d'hirondelles rustiques contenant cinq petits, dont le bec s'ouvrait démesurément à chaque passage d'un des parents, et qui le vendredi suivant avaient disparu tous les cinq, très probablement dénichés — mais dans quel but, personne au Kurdistan ne se nourrissant d'hirondeaux ? —, laissant le nid vide et l'un des deux adultes posé seul, à quelque distance, sur un fil, dans une immobilité si complète et si peu naturelle à son espèce, en cette saison, qu'il était difficile de ne pas l'interpréter comme une réaction à la disparition de sa nichée.

Et c'est aussi dans le voisinage de Bardarash que l'on peut emprunter la route qui mènerait à Mossoul, distante d'une trentaine de kilomètres, si cette ville n'était toujours sous le contrôle de l'État islamique. De cette route de Mossoul, passé quelques check-points et autant de villages dépeuplés, émane une route plus étroite, qui s'élève en lacets au flanc d'une montagne absolument seule de son espèce au milieu de la plaine de Ninive, culminant à près de 700 mètres et abritant à son sommet, ou près de celui-ci, le monastère syrien orthodoxe de Mar Matta. Des alouettes effectuent leur vol ascensionnel, et chantant, au-dessus des champs de céréales, des guêpiers sont alignés sur les fils électriques d'où ils plongent parfois pour intercepter un insecte, des moutons ou des chèvres divaguent, de petites oliveraies alternent avec des étendues incultes et rocailleuses, plantées de loin en loin de chênes verts ou de lauriers-roses. Quelle que soit la date de sa construction — et pour la plupart des bâtiments il est peu probable qu'elle soit de beaucoup antérieure au siècle dernier —, le monastère présente peu ou prou l'aspect d'une forteresse, mais d'une forteresse privée de garnison, à l'entrée de laquelle on est accueilli par un unique garde, certes armé d'une kalachnikov, et peut-être aussi d'un pistolet glissé dans sa ceinture, mais occupé d'autre part à l'entretien d'un clapier rempli de lapins noirs.

De Mgr Thimothius Moussa al-Shami, l'évêque qui dirige cette communauté — sept moines au total, dont trois sont actuellement en vacances dans leurs familles — Christophe Boltanski, dans *L'Obs*, écrit que « son visage broussailleux et souriant » est « enserré dans une capuche noire, brodée, pareille à la coiffe d'un nourrisson », ce qui est exact jusque dans le détail (la broderie). Accordés à ce faux air de nourrisson barbu, les propos de l'évêque témoignent d'une ironie et d'une liberté de ton peu communes chez un ecclésiastique de ce niveau. Peut-être parce que son église, l'Église syrienne-orthodoxe, est désormais si petite qu'elle n'est plus tenue à la même onction que les plus grandes ? Ou parce qu'il a suivi des études de biologie, à Mossoul, avant d'apprendre le grec et de s'orienter vers la théologie ? À propos des oiseaux, dont il ne cache pas que la plupart des Irakiens, et sans doute lui-même, se soucient comme d'une guigne, il dit qu'il y en a un, le sharour, qui vient tous les matins, vers 6 heures, chanter en nombre sous sa fenêtre, voire taper du bec au carreau.

Outre son ancienneté, ses vastes proportions,

et la dévotion qu'inspire encore aux chrétiens du nord de l'Irak la tombe de saint Matthieu — non pas l'évangéliste, mais un ermite syrien persécuté sous Julien l'Apostat —, devant laquelle les fidèles les plus zélés se faisaient autrefois couvrir de chaînes pour ne pas être tentés de prendre la fuite si le saint venait à leur apparaître (de telles choses étant alors bien plus fréquentes que de nos jours), le monastère présente la particularité d'être situé sur un territoire disputé entre le gouvernement de Bagdad et celui de la région autonome, dans une position dominante par rapport à la ligne de front et à peu de distance de celle-ci. Le soir tombant, depuis la terrasse du monastère, vaste comme le pont-promenade d'un paquebot de croisière, on voit au pied de la montagne serpenter sur des kilomètres la tranchée et le remblai, éclairés de loin en loin par des projecteurs, au-delà desquels s'étend la zone sous contrôle des djihadistes. (Au plus fort de leur offensive, en 2014, ils étaient parvenus jusqu'à l'embranchement, sur la route principale, de la route menant au monastère.) Au fur et à mesure que le paysage verse dans l'ombre, les lumières de Mossoul dessinent à l'horizon une trame de plus en plus lisible, avec au milieu une coulée sombre signalant le cours du Tigre, et à l'intersection de deux artères les couleurs alternativement vert et rouge de ce qui doit être un feu de circulation. La montagne et le monastère étant de leur côté parfaitement silencieux, il n'est pas besoin d'être particulièrement attentif pour entendre le vrombissement des drones dont on peut penser qu'ils repèrent des cibles et le grondement des chasseurs-bombardiers qui les traitent, et de temps à autre, pas plus d'une fois ou deux ce soir-là, le bruit d'une frappe étouffé par la distance (mais d'autres jours, dit l'évêque, les murs du monastère sont régulièrement ébranlés par de telles explosions). La chambre que l'on m'a attribuée pour la nuit est équipée de deux lits monoplaces, de deux armoires et de deux horloges arrêtées à des heures différentes. On y trouve aussi un chromo de la Vierge, un portrait du patriarche de l'Église syrienne-orthodoxe dont la résidence est à Damas, une bible en arabe dans les pages de laquelle sont glissées des images pieuses. À la pointe du jour, vers 5 h 30, il s'avère que l'unique fenêtre, percée dans le mur épais que le monastère présente au vide, donne sur la plaine de Ninive, au loin la ville et les faubourgs de Mossoul, et au premier plan les collines basses où sinue la ligne de front. Tout cela, avant le lever du soleil, baigné d'une peu naturelle lumière orange. Cette heure — l'heure à laquelle le sharour toque du bec à la fenêtre de l'évêque — est évidemment la plus propice à l'observation des oiseaux, pour peu que, franchissant l'enceinte du monastère, on se dirige vers la citerne qui un peu plus haut dans la montagne recueille l'eau d'une source. De cette position, sans perdre de vue l'activité aérienne, incessante, au-dessus de Mossoul, j'observe en quelques minutes une volée de chardonnerets — dans tout le Moyen-Orient l'oiseau le plus souvent mis en cage et vendu comme chanteur, au point que ce trafic constituerait pour certains groupes islamistes une ressource complémentaire —, un couple de perdrix, une poignée de traquets oreillards, un faucon crécerelle en vol stationnaire, sans parler des oiseaux trop communs, ou trop urbains, pour être mentionnés, et de ceux que même avec des jumelles je suis incapable d'identifier. Mais l'oiseau qui exerce sur ces hauteurs caillouteuses une véritable hégémonie, au moins sonore, comme dans un autre biotope le bruant mélanocéphale, c'est la sittelle, et plus précisément, si je puis me permettre, la sittelle de Neumayer, une espèce également victime, en Irak, de son prestige auprès des oiseleurs, comme on s'en assurera en visitant à Erbil le sinistre marché aux oiseaux. Prestige d'autant plus incompréhensible, et d'autant moins excusable, que son chant, très bruyant — sur le motif, je l'ai transcrit ainsi : *huit huit huit huit huit tii tii tii* —, est plutôt de nature à rendre fou quiconque serait condamné à l'écouter durablement et dans un espace circonscrit. Et à propos de chant, ou de cri, ce même jour, en quittant le monastère — et avant d'aborder sur la route de

Bardarash le premier check-point de peshmergas, car ils seraient susceptibles d'en tirer des conclusions erronées —, nous écoutons dans la voiture une émission de la radio de Daech, émettant de Mossoul, ponctuée de chants héroïques dans le genre de celui-ci : « Oh ! Les frères ! Vous êtes comme les aigles dans le ciel ! » — et ici le chant s'interrompt pour faire entendre un cri d'aigle —, ou de celui-là, auquel on ne peut malheureusement opposer aucun démenti : « Le monde résonnera de nos Allahou akbar ! »

En Irak, sur la terrasse du monastère de Mar Matta, ou au bord du lac de Mossoul et sur la chaussée même de ce fameux barrage dont on dit qu'il menace à tout moment de se rompre, entraînant la submersion de la plus grande partie du pays et de ses habitants, en quelque point que ce fût du territoire contrôlé par le gouvernement d'Erbil je savais, ou du moins je présumais, que si l'usage fréquent que je faisais de mes jumelles (dans le cas du lac de Mossoul, pour observer des pies-grièches à tête rousse, des mouettes et des sternes de deux espèces qui m'étaient inconnues, ou encore des poissons longs comme le bras, promesses d'un masgouf dont les peshmergas de garde sur le barrage avaient déjà l'eau à la bouche), si cet usage fréquent de mes jumelles me désignait comme un probable espion, car l'Irak n'est pas un pays où il est habituel d'observer à la jumelle des oiseaux, a fortiori des poissons, sur des sites d'importance stratégique, c'était tout à mon avantage, les relations étroites nouées avec la France par les autorités, en particulier militaires, du gouvernement régional, faisant qu'un probable espion français y était partout le bienvenu, et libre d'utiliser comme il l'entendait ses jumelles.

Il devait en aller autrement avec la Turquie, au moins dans l'est de ce pays, et, avant même la tentative de coup d'État et la répression consécutive, depuis la reprise des combats opposant les forces de sécurité à la guérilla du PKK. Or il ressortait de plusieurs témoignages dignes de foi qu'au cœur même de cette région qui les voyait s'affronter, à peu près à égale distance des villes de Diyarbakir et de Gaziantep, la montagne du Nemrut Dag abritait au printemps une population de traquets kurdes exceptionnellement abondante et facile à observer. Ce qui avait tout d'abord attiré mon attention sur cette particularité du Nemrut Dag, c'était un long texte mis en ligne en 2004 et relatant l'expédition ornithologique menée en juillet de la même année, dans l'est de la Turquie, par un groupe d'ornithologues amateurs de nationalité non précisée — même si le fait qu'ils aient voyagé par avion de Londres-Gatwick à Antalya pouvait constituer un indice —, composé d'Andy Clifton, de Mark Lopez, de Matt Mulvey et de l'auteur du texte mis en ligne. À côté de considérations d'un intérêt inégal sur le confort ou l'inconfort de tel ou tel lieu de séjour, l'hospitalité ou l'hostilité des habitants — à proximité du village de Yoncali, par exemple, cependant que les ornithologues amateurs cherchaient vainement à observer des grues demoiselles, leur véhicule avait été délibérément barbouillé d'excréments, mais à Durnalik une vieille dame leur avait offert des pommes —, et sur les risques encourus, déjà, par quiconque déployait du matériel optique dans le voisinage de l'armée turque (à ce propos, le texte insistait à juste titre sur l'opportunité, dans des régions en proie à des troubles, de voyager avec un guide d'identification des oiseaux à portée de main, afin de pouvoir justifier en toutes circonstances de sa qualité d'ornithologue, amateur ou professionnel), l'auteur anonyme, dans la relation jour par jour de ce voyage, signalait que le 30 juillet 2004, sur le mont Nemrut, lui et ses compagnons, Mark, Matt et Andy, parmi un grand nombre d'autres espèces — tels l'iranie à gorge blanche, le bruant mélanocéphale, la sittelle de Neumayer ou le traquet oreillard, pour ne citer que celles qui nous sont déjà familières — avaient observé plusieurs de ces oiseaux qui à l'époque portaient encore le nom de traquet à queue rousse (red-tailed wheatear), et que nous connaissons désormais sous celui, bien plus approprié, de traquets kurdes. En annexe, dans la liste complète des espèces rencontrées au cours de ce même voyage, le texte précisait que ce n'était pas moins de quinze spécimens de traquets kurdes qu'ils avaient observés sur les pentes du Nemrut Dag, et cela, apparemment, presque sans sortir de leur véhicule et dans un temps très court. D'autre part, en consultant sur internet des sites spécialisés, on constate que beaucoup de photographies, de vidéos ou d'enregistrements sonores de cet oiseau ont été réalisés en ce même lieu, au point qu'il est tentant de se représenter le Nemrut Dag comme une sorte de Jérusalem du traquet kurde.

Dans le texte déjà cité, l'anonyme londonien ajoute que le lieu le plus propice à l'observation du traquet kurde et d'autres « espèces montagnardes », sur les pentes du Nemrut Dag, est le parking au niveau duquel la route s'interrompt, fort heureusement, pour faire place à un sentier entrecoupé de volées de marches (volées de marches qui dateraient pour certaines de l'époque où Antiochos Ier de Commagène se fit aménager au sommet de la montagne une sépulture, enfouie sous un dôme de pierres, celles-ci concassées et amoncelées de main d'homme, au sein duquel elle n'a toujours pas été retrouvée, et d'autant moins que toute tentative dans ce sens risquerait de provoquer l'écroulement de cette structure, déjà fragilisée par les secousses sismiques et les forages anciens des chasseurs de trésors). En lisière du parking, précise le texte, et derrière une bâtisse abritant une boutique de souvenirs, il y a un robinet qui fuit, et l'eau qui s'en égoutte (comme au-dessus du monastère de Mar Matta l'eau qui s'égouttait de la citerne) est à l'origine de ces rassemblements fortuits de traquets kurdes, parmi d'autres espèces montagnardes. Dans quelle mesure un robinet qui fuyait en juillet 2004 pouvait-il fuir encore et de la même façon douze ans plus tard, c'est ce que je me hâtai de vérifier, dans la matinée du samedi 21 mai 2016, pour constater qu'à la place indiquée par le texte mis en ligne il ne se trouvait plus qu'une petite décharge, sans le moindre robinet visible, bien que l'humidité des déchets entassés témoignât peut-être d'une fuite souterraine, et sur laquelle picorait un couple de niverolles (une sorte de moineau des neiges). En chemin vers le sommet, au départ de ce parking, je remarquai que les sauterelles étaient aussi nombreuses, sur le sentier entrecoupé de marches d'escalier, que sur la piste que j'avais empruntée, en Irak, lors de cette excursion sur les pentes du mont Shirin, et qu'elles suscitaient de la part des oiseaux la même indifférence, alors que leur abdomen gras et luisant — sans doute un peu chitineux, mais bon, pas plus que celui d'autres insectes — constituait apparemment une nourriture de premier choix. Pour le reste, en plus des vues qu'il ménage sur les monts du Taurus, le lac de retenue formé par l'Euphrate en amont du barrage de Birecik ou la plaine mésopotamienne, cet itinéraire vers le sommet du mont Nemrut tient toutes les promesses contenues dans le texte de 2004 ou la documentation consultée d'autre part sur internet. À 9 h 45, une demi-heure environ après que nous nous sommes garés sur le parking dépourvu désormais de robinet qui fuit, j'ai déjà observé trois ou quatre spécimens de traquets kurdes, tant mâles que femelles, et l'un de si près que je pouvais non seulement l'entendre chanter, mais voir — avec des jumelles, il est vrai — les légères déformations que cet exercice imprimait à sa gorge ou à son bec. Quant à ces jumelles, dont je craignais qu'elles n'attirent la suspicion des forces de sécurité déployées en grand nombre sur cette partie du territoire de la Turquie, j'ai pu les acheminer jusqu'au mont Nemrut, venant de Diyarbakir, d'autant plus facilement que Bayram, l'interprète qui m'accompagne, est avocat, et qu'au moins jusqu'à la tentative de coup d'État, la loi était encore assez scrupuleusement respectée, sur ce chapitre, pour que son véhicule, pas plus que ses passagers, ne soit fouillé lors du franchissement des check-points. (Et pour en finir avec ces jumelles et les soupçons auxquels elles pouvaient donner lieu, le jour même, ou le lendemain, de cette première visite au mont Nemrut, je rencontrai par hasard le directeur d'une entreprise française implantée en Turquie, lequel, m'ayant interrogé sur ce que je faisais dans l'est de ce pays, et auparavant dans le nord de l'Irak, tira de ma réponse la conclusion que je m'acquittais d'une mission pour les services, ce qui était exactement l'impression que je m'étais efforcé de lui donner.) Au pied de ce dôme de cailloux qui renferme la tombe inviolée d'Antiochos, ce dernier avait fait aménager deux terrasses, l'une à l'est et l'autre à l'ouest, supportant des statues colossales à l'effigie de lui-même et de quelques autres divinités. Lors d'un tremblement de terre, ces statues ont été décapitées, si bien que leurs têtes, redressées, gisent désormais à leurs pieds. C'est cette curiosité, principalement, qui attire les touristes au sommet du Nemrut Dag, le contexte politique faisant qu'ils sont aujourd'hui moins nombreux, et plutôt turcs qu'étrangers. D'ailleurs au moment où nous atteignons la terrasse orientale, un groupe de « gardes villageois », portant des vêtements dépareillés mais armés de fusils d'assaut, est en train de s'en retirer, cédant la place pour la journée à un collègue, quant à lui désarmé, dont la tâche principale consiste à dissuader les visiteurs d'escalader le tumulus au risque d'en provoquer l'éboulement. Entre la partie haute — à défaut de la tête qu'elle n'a plus — d'une statue qui est apparemment celle d'Apollon et le sommet d'un poteau supportant un projecteur ou une caméra de surveillance, un traquet kurde mâle ne cesse de voleter et de gazouiller, protégeant peut-être son nid, avant de venir se poser presque à mes pieds, témoignant d'une familiarité certes propice à une observation détaillée, mais préjudiciable à l'idée que je me faisais jusque-là de cette espèce, et qui impliquait un plus haut degré sinon de sauvagerie, au moins de timidité.

Au-dessus de Karadut, nous logions, Bayram et moi, dans une pension dont le propriétaire était un homme pieux — il tenait à la disposition de sa clientèle un vin de Thrace titrant 14,5 °, mais il insistait sur le fait que lui-même n'en avait jamais bu — et d'autre part un supporter fervent du parti islamo-nationaliste d'Erdoğan, comme il ressortait d'une controverse que Bayram avait eue avec lui à ce sujet. Ce qui plaidait en faveur de cet homme, cependant, c'était qu'il laissât des hirondelles nicher dans la salle à manger et jusque dans les couloirs de l'hôtel, même s'il est vraisemblable qu'il ne le faisait que pour complaire aux touristes de passage. Le jour de notre départ, je me suis levé peu après 5 heures, j'ai regardé par la fenêtre de ma chambre la lune disparaître derrière la chaîne de montagnes qui bordait le paysage en direction de l'ouest, puis les premiers rayons du soleil éclairer la cime de ces mêmes montagnes, je suis sorti dans le jardin, ou le quasi-jardin, qui s'inscrivait dans l'angle droit formé par les deux bâtiments sans étages de l'hôtel, quasi-jardin agrémenté d'un bassin asséché au fond duquel coassait une grenouille promise à un destin funeste, faute de pouvoir en ressortir, j'y ai reniflé des roses parfaites de formes et de couleurs mais hélas complètement inodores, puis, faisant quelques pas en direction de la route menant à Karadut (et au mont Nemrut dans le sens opposé), j'ai constaté qu'avant même le lever du soleil les hirondelles déjà étaient actives, et de même les bruants habituels, dont un que j'entendis longtemps avant de le voir, perché sur un fil électrique, ventre jaune bouton-d'or et capuche sombre, rejetant la tête en arrière et se rengorgeant pour lancer son chant bref et répétitif, si caractéristique de cette saison et de cette partie du monde. La veille au soir, après avoir bu de ce vin de Thrace, Bayram — qui par refus de toute bigoterie, et de tout nationalisme, souhaitait désormais se faire appeler Şiraz, en hommage, je présume, à la ville perse de ce nom et à tout ce qu'elle représente —, Bayram / Şiraz m'avait confié que du moment où il avait lu *Martin Eden*, dans sa première année d'études d'ingénierie électronique, il avait éprouvé le désir de devenir écrivain. En quittant l'hôtel, nous avons pris en stop trois petites filles et un petit garçon qui marchaient sur le bord de la route et se rendaient à l'école à Karadut, un gros village qui à cause peut-être des bouses de vache dont la chaussée y était étoilée, ou des vergers qui le bordaient, ou des peupliers qui s'y élevaient au-dessus des vergers, ou de son minaret en forme de crayon, ou encore de son nom qui en turc signifie « mûres noires », ou simplement à cause de ce groupe d'enfants se rendant à l'école, l'aînée des trois petites filles coiffée d'un foulard, me fit penser à un village de Bosnie centrale, non pas tel village en particulier, mais l'un de ceux où les enfants, réfugiés des villes, se voyaient en surnombre pendant la guerre.

À l'intérieur de la ville moderne de Diyarbakir, dont la population, désormais, doit avoisiner le million, la ville ancienne de Sur est enclose dans une enceinte fortifiée, percée de plusieurs portes dont chacune est aujourd'hui surveillée par des policiers armés, enfermés dans des véhicules blindés ou abrités derrière un parapet de sacs de sable. D'après Şiraz, pendant l'hiver 2015-2016, alors que les combats opposant la police ou l'armée aux jeunes supporters du PKK faisaient rage à l'intérieur des remparts, ponctués de tirs de chars et de rafales de mitrailleuses, à l'extérieur la vie continuait sans changement notable, avec ses foules affairées, ses embouteillages et ses concerts de klaxon. Cette indifférence, au moins apparente, de la plus grande partie de la ville au drame qui se jouait dans l'enceinte, j'aurais pu m'en prévaloir auprès du vieil homme, croisé dans une ruelle de Sur, qui me reprochait avec véhémence celle de la France, et de l'Europe, en mimant le geste de se cracher dans les paumes et de les frotter l'une contre l'autre. Mais je ne l'avais pas fait, bien entendu, et d'autant moins que le vieil homme, avec sa casquette vissée sur le crâne, était indéniablement sympathique, au point de me serrer la main, magnanime, avant de disparaître. Les traces des combats étaient encore nombreuses et bien visibles dans ces ruelles de Sur, bordées soit de vieilles maisons faites comme les remparts de blocs de basalte, soit de maisons plus récentes et plus fragiles, aux murs de briques ou de parpaings. Telle de ces maisons présentait un grand trou aux bords irréguliers, causé par un tir de RPG ou d'une arme du même genre, telle autre avait sa porte — une solide porte métallique — arrachée et tordue, donnant sur une pièce vide et noircie par le feu. Le sol était dépavé là où s'étaient élevées des barricades, et les murs couverts de graffitis laissés tant par les insurgés que par les policiers ou les militaires qui les avaient écrasés. Ni les uns ni les autres — « Tuez Erdoğan ! » et « Öcalan » d'un côté, de l'autre « L'armée de Dieu ! » — ne faisaient preuve d'une grande originalité, à quelques exceptions près comme celui-ci : « Lancez des cocktails Molotov pour éclairer l'avenir ! », ou celui-là : « Dieu existe, tout va bien ! », que son optimisme béat signalait, d'après Şiraz, comme émanant d'un militaire ou d'un policier adepte de l'imam Gülen, ce qui dans les mois à venir, et consécutivement à la tentative de coup d'État, lui vaudrait probablement de se retrouver au chômage, dans le meilleur des cas, et dans le pire en prison.

Quand on sort de Diyarbakir dans la direction de Mardin et de la frontière syrienne, on longe une base aérienne d'où décollent les avions qui vont régulièrement bombarder les refuges du PKK dans les montagnes irakiennes, et qui en useront de la même façon avec quelques bâtiments officiels, à Istanbul ou à Ankara, lors du putsch manqué. Entre Diyarbakir et Mardin la circulation est filtrée par plusieurs barrages, tenus par de jeunes policiers en civil d'allure sportive, protégés par des gilets pare-balles et procédant de manière aléatoire à des vérifications ou à des fouilles. Quant à Mardin, au moins dans sa partie haute, sinon dans celle qui depuis quelques années s'est étendue démesurément dans la plaine, c'est une ville magnifique, épargnée jusqu'à nouvel ordre par la recrudescence des troubles, mais non par un processus de muséification qui finira sans doute par la vider de sa substance. (Je me souvenais, bien que confusément, de l'avoir visitée un quart de siècle plus tôt, dans un climat de tension et de violence dont la minorité chrétienne, en voie de disparition, était alors la première victime.) Sur les hauteurs de la vieille ville, nous avons lié conversation avec un chauffeur de taxi qui nous avait invités à le rejoindre, pour boire un thé, autour d'une petite table posée sur le trottoir. Le chauffeur de taxi, auparavant, avait été berger, et il avait aussi tâté de la contrebande avec l'Irak. Ce qui rendait sa compagnie agréable, c'était que parmi tant de choses qui pourtant s'y prêtaient il semblait ne rien prendre au sérieux, ou au tragique, un trait de caractère dont il faut reconnaître qu'il se rencontre plus souvent chez les Kurdes que chez tels ou tels de leurs voisins. Puis un jeune homme barbu — mais barbu avec modération —, par ailleurs athlétique, très blanc de peau et portant un tatouage sur le biceps droit, se joignit à la conversation. Arabe, et musulman, il était originaire de Qamichli, dans la zone contrôlée par le PYD dans le nord de la Syrie, qu'il avait fuie deux ans auparavant par crainte d'être enrôlé dans la milice de ce parti. Non qu'il eût quelque chose à reprocher au PYD, insistait-il, mais parce qu'il ne voulait pas finir égorgé, selon ses propres termes, ou avec une balle dans la tête. À Mardin, il travaillait comme boucher, et bien que cette activité lui permît de gagner sa vie, en attendant de retourner à Qamichli si les circonstances s'y prêtaient, il avait le projet de se rendre en Allemagne, ou au moins d'essayer : projet qui suscitait l'incompréhension, voire la réprobation, du chauffeur de taxi, qui de son côté n'avait aucune intention de s'expatrier.

Au crépuscule, nous avons bu une bière ou deux sur le toit-terrasse d'un hôtel, tandis que sur une autre terrasse, un peu plus élevée, se déroulait une fête d'étudiants visiblement issus d'un milieu aisé, qui pour la plupart étaient des filles et dont aucune ne portait le voile. La vue que l'on découvrait depuis le toit de l'hôtel, dont la hauteur s'ajoutait à celle du promontoire de Mardin, embrassait une étendue considérable et principalement désertique, ou du moins peu peuplée à en juger par le petit nombre et la dispersion des lumières que l'on voyait s'allumer au fur et à mesure dans la plaine. Şiraz s'étant levé pour aller saluer un député du HDP, le parti pro-kurde, qui n'était pas encore emprisonné et venait d'arriver sur la terrasse, en compagnie de deux autres personnes dont l'une était une très jolie femme, je restai seul face à ce panorama — seul face à la plaine mésopotamienne, autant dire — et du coup, n'étant plus distrait par la conversation toujours intéressante de Şiraz, j'observai que les hirondelles étaient extrêmement nombreuses, comme partout où je m'étais rendu en Turquie, et auparavant en Irak, mais qu'elles disparaissaient soudainement du ciel, avec un parfait ensemble, à 19 h 30 précises, apparemment parce que dans l'obscurité qui gagnait elles ne parvenaient plus à distinguer les insectes dont elles se nourrissent. Dans les semaines qui suivirent survinrent le putsch manqué, l'arrestation de plusieurs dizaines de milliers de gens qui pour la plupart y étaient sans doute étrangers, la multiplication des attentats, l'entrée de l'armée turque en Syrie pour déloger les milices kurdes des positions qu'elles occupaient sur la rive droite de l'Euphrate.

À propos de putsch manqué, il est avéré qu'au moment du nôtre, celui du « quarteron de généraux en retraite », je me trouvais à Dakar où j'approchais de l'âge de douze ans. Je tenais alors un agenda de très petit format, à couverture rouge, dans lequel je consignais jour après jour les faits qui me paraissaient importants. Ainsi, dans les premiers mois de l'année 1961, ai-je noté à la date du vendredi 27 janvier : « M. et Mme Ponchardier et M. de Fornel se sont écrasés en avion », à celle du lendemain : « Olivier [mon frère] a pêché deux poissons-trompettes » (avec entre parenthèses les mensurations de ces derniers, 90 cm et 1,10 m), à la date du 3 avril : « Les fêtes de l'Indépendance ont commencé » (il s'agit de l'indépendance du Sénégal, proclamée un an auparavant), quatre jours plus tard : « J'ai approché un singe à 7 mètres » (quel que soit l'instrument dont je disposais pour mesurer avec une telle précision la distance me séparant du singe), et enfin, à la date du samedi 22 avril, « les militaires "activistes" ont fait un putsch en Algérie ». Le lendemain, dimanche, « l'état d'urgence est déclaré. Des escadrilles de chasse survolent Paris. Les chars sillonnent les rues ». Et ainsi de suite jusqu'au mercredi 26 avril, qui marque la « fin de la rébellion », suivie le jeudi 27 par l'« incarcération de Challe à la Santé », tandis que « Salan, Jouhaud et Zeller [sont] en fuite ». Trois jours plus tard, le dimanche 30 avril, la vie a repris son cours normal, « Olivier a pêché quatre raies au fusil ». Mais ce que je remarque surtout, dans cette chronique, c'est que durant cette même année 1961 j'ai relevé à plusieurs reprises le nom des oiseaux que j'observais, tels que des « gendarmes » (des tisserins) le 21 mai, des fous de Bassan le 23 septembre (non plus au Sénégal, mais lors de vacances en Bretagne), des calaos le 1er novembre, au Sénégal de nouveau, des pélicans et des flamants roses le 10 décembre. Et de même au cours des deux années suivantes, jusqu'à notre retour en France et jusqu'à la date du 23 novembre 1963, à laquelle mon journal s'interrompt sur ce qui, à un mot près, pourrait passer pour une dépêche d'agence : « J.F. Kennedy a été assassiné à Dallas d'une balle dans la tempe. Il meurt une demi-heure après l'attentat. Un suspect est arrêté. Lyndon Johnson est nommé président des États-Unis. L'émotion est générale dans le monde entier sauf en Chine où la nouvelle est accueillie par des applaudissements : dégueulasse. »

Un demi-siècle environ après l'assassinat de Kennedy, en retrouvant mon agenda de 1961 et en lisant l'autobiographie de René de Naurois, j'ai découvert presque en même temps l'existence de celui-ci, et le fait, évidemment fortuit, que nous nous étions trouvés l'un et l'autre à Dakar dans les semaines qui précédèrent le putsch d'Alger. Et que quelques mois plus tard, à l'occasion d'une excursion nautique, je m'étais approché au plus près de ces îles des Madeleines, au large du Cap-Vert, que Naurois, de son côté, devait visiter à maintes reprises au cours des années suivantes, et qu'il a évoquées dans sa thèse intitulée *Peuplements et cycles de reproduction des oiseaux de la côte occidentale d'Afrique*. Ainsi avons-nous observé l'un et l'autre qu'à cette époque y nichait une petite colonie de *Phaeton æthereus*, vulgairement appelé paille-en-queue, dont l'existence a été un moment compromise, en 1963, par l'intrusion d'un python dont nul ne sait comment il s'était rendu sur ces îles — à la nage ? —, et dont Naurois découvrit la présence en mettant par inadvertance le pied dessus. Sans doute est-ce assez peu de chose, en fin de compte, mais tout de même bien plus que ce que la plupart des gens ont en commun avec René de Naurois. Quant à ce dernier, qu'il soit prêtre n'en fait pas un cas unique dans les annales de l'ornithologie ou de l'histoire naturelle : en revanche, que sous l'Occupation il ait aidé des Juifs à trouver refuge à l'étranger, que par la suite il ait rejoint Londres puis débarqué en Normandie avec le commando Kieffer — en qualité d'aumônier, et donc sans armes —, tout cela le désigne comme un ecclésiastique un peu particulier. Quant à sa vocation d'ornithologue, elle ne se déclare, ou elle ne s'épanouit, qu'après la guerre, et ce n'est qu'au milieu des années cinquante qu'il commence à donner des articles à des publications spécialisées. S'il se trouve à Dakar, en même temps que moi, dans les premiers jours du mois d'avril 1961, c'est au lendemain d'un séjour en Guinée-Bissau, et à la veille d'un voyage de plusieurs semaines dans l'extrême sud du Maroc et sur le littoral de ce qui est alors le Sahara espagnol. D'après l'article intitulé « Explorations ornithologiques du Sahara Atlantique marocain », mis en ligne en 2013 par *Go South Bulletin*, c'est par bribes, glanées ici et là, dans le cours de cette expédition, auprès d'ingénieurs pétroliers ou de militaires marocains, que Naurois a pris connaissance du putsch d'Alger, dont il n'apprendra les détails que lors de son retour à Rabat dans les premiers jours du mois de mai. Dans une lettre adressée de Rabat au naturaliste Henri Heim de Balsac, son mentor, et reproduite dans l'article plus haut cité, il se dit « déchiré de chagrin et d'indignation », arrivant « difficilement à penser à nos oiseaux tant cette répression est sauvage et tant ses effets seront catastrophiques ». Parler de « répression sauvage », à propos des mesures de rétorsion prises par le gouvernement du général de Gaulle, semble bien excessif, mais il n'est pas surprenant que Naurois ait éprouvé de l'indulgence pour les putschistes, compte tenu de son passé de commando et des relations qu'il conservait dans la hiérarchie militaire. Dans certains cercles ornithologiques, par ailleurs, il est de bon ton de prétendre que partout où il se rendait pour étudier les oiseaux, un coup d'État favorable aux intérêts de la France survenait dans les mois suivants, mais rien ne permet d'étayer de telles assertions. Et si l'on consulte la bibliographie ornithologique établie par *Go South Bulletin*, qui recense les 108 articles dont il est l'auteur, on ne voit pas bien quel genre de coup d'État Naurois aurait pu fomenter alors qu'il étudiait « Les espèces rares ou peu communes sur la côte occidentale du Spitzberg » (1963), les « Problèmes concernant la poule d'eau de l'archipel des Bijagos » (1969) ou encore la « Disposition hélicoïdale de l'intestin chez certaines espèces de pétrels du genre Pterodroma » (1972). D'autre part la région dont il a le premier mesuré les prodigieuses ressources ornithologiques, et à laquelle son nom reste associé, cette région ne présentait pour la France aucun intérêt stratégique, sauf erreur de notre part, à l'époque où il l'a méthodiquement explorée. Sans doute n'en irait-il pas de même aujourd'hui, puisqu'elle se situe à la limite occidentale du territoire désertique sur lequel AQMI, la succursale nord-africaine d'al-Qaïda, est susceptible d'opérer. C'est en 1959 qu'à l'instigation d'Heim de Balsac, Naurois se rend pour la première fois dans cette région, au nord de la Mauritanie, qu'il évoque ainsi dans ses mémoires : « Le Banc d'Arguin était inaccessible, sauf en pirogue conduite par des pêcheurs [...], ils furent mes guides dévoués et je devins, grâce à eux, le premier chercheur à poser les pieds dans ce paradis terrestre, d'une richesse zoologique exceptionnelle. » (S'agissant de cette richesse, Paul Isenmann, dans un livre intitulé *Les Oiseaux du Banc d'Arguin*, estime à plus de deux millions les effectifs d'hivernants, au premier rang desquels le bécasseau maubèche, le bécasseau variable et la barge rousse, et entre vingt-cinq et cinquante mille le nombre de couples d'« oiseaux coloniaux » qui se reproduisent sur le Banc : le vocable d'« oiseaux coloniaux » ne désignant pas quelque honteuse survivance d'une époque révolue, mais simplement les oiseaux, tels les pélicans ou les flamants roses, qui nichent en colonies.)

Dans le compte rendu de ce séjour, s'étendant sur les mois de mars, avril, mai et juin 1959, qu'à son retour il publie dans la revue *Alauda* (et dans lequel plusieurs notes, relatives par exemple à la reproduction du goéland railleur dans le golfe Persique, renvoient au chef-d'œuvre de Meinertzhagen, *Birds of Arabia*), le père de Naurois, malheureusement, se conformant aux usages des revues scientifiques, ne dit rien de ses conditions matérielles d'existence — que mangeait-il, où dormait-il, comment disait-il la messe, car il est certain qu'il la disait, dans cet environnement —, même s'il mentionne une « vedette », sans doute mise à sa disposition par l'administration, qui dut faire office de camp de base pendant la durée de l'expédition. Ce compte rendu, au demeurant, même s'il reste dans l'ensemble assez austère, n'est pas exempt de quelques passages pittoresques, tel celui-ci, dans lequel le prêtre-ornithologue évoque une colonie de pélicans blancs installée sur l'île d'Arel : « Des poissons pourrissaient çà et là […] et toute l'île, en dépit du vent violent, s'en trouvait comme noyée dans la puanteur […]. Certains d'entre eux [il s'agit de poussins de pélicans] n'étaient pas âgés de plus de cinq ou six semaines : en duvet ébouriffé, de couleur jaunâtre ou brunâtre, avec leur démarche maladroite, ils ressemblaient à des petits ours à deux pattes. S'échappant à notre approche de la région des nids située au sommet de l'île, ils dévalèrent la pente, roulant comme des boules entre les pierres, pour se jeter à l'eau. » Une description d'autant plus opportune que bien peu d'entre nous, hélas, auront un jour l'occasion de voir des poussins de pélicans, tels de petits ours, se laisser rouler de leurs nids puants jusqu'à la mer.

En ce qui me concerne, par exemple, je n'ai rien vu de tel lorsque je me suis rendu au Banc d'Arguin, brièvement, au mois de décembre 2011, alors que la menace diffuse d'AQMI en avait éloigné les touristes, au point de compromettre l'existence même du parc national établi sur la plus grande partie de cette région. Venant de Nouakchott, en compagnie d'un ornithologue mauritanien qui avait bagué des flamants roses en Camargue, nous avions roulé le plus souvent sur la plage, à une allure soutenue afin d'éviter l'ensablement, soulevant au passage des nuées de mouettes et d'autres laridés, des oiseaux dont il convient de préciser qu'au moment où nous les avions dérangés ils n'étaient pas en train de se reproduire, ni même de s'alimenter. De la suite de cette excursion, pendant laquelle je n'ai pris que très peu de notes, dans la mesure où je n'avais l'intention que d'en jouir, et non d'en rendre compte, je n'ai conservé le souvenir que de quelques détails. Encore ces détails eux-mêmes sont-ils sujets à caution. Par exemple il me semble que devant les bâtiments bas, et sommaires, du poste d'Iwik, dont l'un faisait office de mosquée, et disposait à cette fin d'un haut-parleur, en dépit de l'extrême isolement du poste lui-même, tel que la probabilité était infime qu'il se trouvât dans les parages d'autres fidèles que les quelques gardes du parc déjà réunis pour la prière dans cette pièce minuscule, devant ces bâtiments, qui abritaient également une ou deux chambres de passage, une petite cuisine, un local équipé d'un poste de radio et un cabinet à la turque dépourvu de chasse d'eau dans lequel je devais passer la plus grande partie de la nuit, tordu par des coliques qui sont peut-être aussi la cause, ou l'une des causes, du fait que je pris si peu de notes au cours de cette excursion, devant ces bâtiments il me semble que gisait le squelette gigantesque et blanchi au soleil d'une baleine, mais peut-être, en réalité, n'ai-je découvert ce squelette que bien plus tard, sur internet, où sa photographie illustre la page de Google Maps sur Iwik.

Quoi qu'il en soit, il ne fait aucun doute que nous avons observé, dans l'après-midi du premier jour ou dans la matinée du suivant, quantité de flamants roses, tant parce qu'ils constituaient l'une des spécialités de l'ornithologue mauritanien que dans la mesure où les lagunes du Banc d'Arguin, en cette saison, en accueillaient plusieurs milliers, de telle sorte qu'il eût été difficile de ne pas les voir. D'ailleurs à ce sujet, je me rappelle aussi que l'ornithologue mauritanien parvenait à déterminer le pays d'origine de ces flamants, non à quelque particularité de leur morphologie, car ils avaient tous la même, mais à la couleur de la bague qu'ils portaient, au moins certains d'entre eux, et dont la couleur variait selon qu'elle avait été posée en Camargue ou dans le delta du Guadalquivir. Et, toujours s'agissant de ces flamants, il me revient aussi que nous ne devions approcher des lagunes où ils se nourrissaient qu'en catimini, en nous dissimulant au maximum afin de ne pas les déranger dans leur interminable pâture, alors qu'à tout homme normalement constitué, dans de telles circonstances, il vient nécessairement une envie presque irrésistible de les faire se lever pour voir les plumes rouges de leurs ailes.

Au retour, pour rejoindre la route de Nouakchott, nous avions dû rouler quelque temps à travers une étendue de sable et de cailloux, parsemée d'épineux parmi lesquels j'eus la chance d'apercevoir successivement un courvite isabelle et un sirli du désert, et d'en retirer une satisfaction proportionnelle à la relative rareté de ces deux espèces, ou à la difficulté également relative de les reconnaître. Pour le reste, pas plus le courvite isabelle que le sirli du désert ne présente de particularité aussi remarquable que les rémiges écarlates des flamants roses. Le sirli du désert, cependant, a un chant très étrange, inquiétant parce que vaguement anthropomorphe, un peu comme cette bouscarle des Palaos dont on a pu écrire que son chant évoquait les vains efforts d'un idiot pour jouer de la flûte. Mais c'est une chose d'observer un sirli du désert dans son environnement, une autre de l'entendre chanter. Dans la littérature du XIXe siècle, il arrive que le narrateur, errant désœuvré dans une ville de province, entre par hasard dans une salle de concert où l'on donne un opéra. La même chose m'est arrivée, il y a quelques années, en Ardèche, sauf qu'au lieu d'une salle de concert il s'agissait d'une salle polyvalente, ainsi que l'on appelle désormais ce genre de choses, et qu'au lieu d'un opéra c'était une conférence qu'elle accueillait, une conférence donnée par un très vieil ornithologue qui avait été un pionnier de l'enregistrement des chants d'oiseau. Après le troglodyte amazonien — qui, quant à lui, donne l'impression de maîtriser vraiment l'art de la flûte, et rencontre toujours un succès mérité —, le vieil ornithologue, avant d'enchaîner sur un enregistrement de sirli du désert, raconta dans quelles circonstances il l'avait réalisé, et comment, parce que son véhicule, plusieurs heures auparavant, était tombé en panne, dans un repli du Sahara par où personne n'avait aucune raison de passer, il s'était dit, tout en l'enregistrant, que ce chant du sirli serait probablement la dernière chose qu'il entendrait.

LISTE DES OUVRAGES CITÉS PAR ORDRE
D'APPARITION DANS LE TEXTE

Richard MEINERTZHAGEN, *Birds of Arabia*, Oliver & Boyd, 1954.

Peter CLEMENT, *Robins and Chats*, Bloomsbury Publishing, 2015.

Brian GARFIELD, *The Meinertzhagen Mystery*, Potomac Books, 2009.

T.E. LAWRENCE, *Les Sept Piliers de la sagesse*, traduction de Charles Mauron, Payot, 1989.

Salim ALI, *The Fall of a Sparrow*, Oxford University Press, 2007.

Richard MEINERTZHAGEN, *Middle East Diary*, Thomas Yoseloff, 1960.

J.N. LOCKMAN, *Meinertzhagen's Diary Ruse, False Entries on T.E. Lawrence*, Cornerstone Publications, 1995.

Jacques DELAMAIN, *Pourquoi les oiseaux chantent*, Éditions des Équateurs, 2011.

Elizabeth MONROE, *Philby of Arabia*, Faber and Faber, 1973.

St. John PHILBY, *The Empty Quarter*, Century, 1986.

Anthony CAVE BROWN, *Philby père et fils. La trahison*

dans le sang, traduit par Philippe Périer, Pygmalion / Gérard Watelet, 1997.

Wilfred THESIGER, *The Life of My Choice*, Fontana / Collins, 1988.

Scott ANDERSON, *Lawrence in Arabia*, Anchor Books, 2014.

Wilfred THESIGER, *Arabian Sands*, Penguin Books, 1964.

Wilfred THESIGER, *Desert, Marsh and Mountain*, Flamingo, 1995.

René de NAUROIS, *Aumônier de la France Libre. Mémoires*, Perrin, 2004.

René de NAUROIS, *Peuplements et cycles de reproduction des oiseaux de la côte occidentale d'Afrique*, Muséum national d'histoire naturelle, 1969.

Paul ISENMANN, *Les Oiseaux du Banc d'Arguin*, Parc national du Banc d'Arguin, 2006.

REMERCIEMENTS

Şiraz Baram
Muhammad Saddik Barzani
Christophe Boltanski
Alex Clamens
Hervé Coquerel
Philippe-Jacques Dubois
Claude Feigné
Arzu Gürsay Ergen
Allan Kaval
Saïd Mahmoud
Serge Mouhedin
Robert Prys-Jones
Jonathan Randall
Frédéric Tissot

DU MÊME AUTEUR

Aux Éditions Gallimard

CYRILLE ET MÉTHODE, 1994.

JOSÉPHINE, 1994 (Points-Seuil, 2010).

ZONES, 1995 (Folio n° 2913).

L'ORGANISATION, 1996 (Folio n° 3153), prix Médicis 1996.

CAMPAGNES, 2000 (La Petite Vermillon, 2011), prix Louis
Guilloux 2000.

Aux Éditions P.O.L

LA CLÔTURE, 2002 (Folio n° 4067).

CHRÉTIENS, 2003 (Folio n° 4413).

TERMINAL FRIGO, 2005 (Folio n° 4546).

L'HOMME QUI A VU L'OURS, 2006.

L'EXPLOSION DE LA DURITE, 2007 (Folio n° 4800).

UN CHIEN MORT APRÈS LUI, 2009 (Folio n° 5080).

LE RAVISSEMENT DE BRITNEY SPEARS, 2011 (Folio
n° 5543).

ORMUZ, 2013 (Folio n° 5934).

LES ÉVÉNEMENTS, 2015 (Folio n° 6123).

SAVANNAH, 2015 (Folio n° 6408).

PELELIU, 2016 (La Petite Vermillon, 2019).

LE TRAQUET KURDE, 2018 (Folio n° 6724), Prix
Alexandre-Vialatte 2018.

CRAC, 2019.

Chez d'autres éditeurs

JOURNAL DE GAND AUX ALÉOUTIENNES, J.-C. Lattès, 1982, (Petite Bibliothèque Payot, 1995, La Petite Vermillon, 2010).

L'OR DU SCAPHANDRIER, J.-C. Lattès, 1983 (L'Escampette, 2008).

LA LIGNE DE FRONT, Quai Voltaire, 1988 (Petite Bibliothèque Payot, 1995, La Petite Vermillon, 2010) Prix Albert Londres 1988.

LA FRONTIÈRE BELGE, J.-C. Lattès, 1989 (L'Escampette, 2012, La Petite Vermillon, 2018).

C'ÉTAIT JUSTE CINQ HEURES DU SOIR, avec Jean-Christian Bourcart, Le Point du Jour, 1998.

TRAVERSES, Nil, 1999 (Points-Seuil, 2011).

DINGOS, suivi DE CHERBOURG-EST / CHERBOURG-OUEST, éditions du Patrimoine, 2002.

L'AVENTURE, photographies d'Isabelle Gil, La Table Ronde, 2011.

L'ALBATROS EST UN CHASSEUR SOLITAIRE, Cent pages, 2011.

VU SUR LA MER, La Petite Vermillon, 2012. Prix Gens de Mer 2012.

DINARD : ESSAI D'AUTOBIOGRAPHIE IMMOBILIÈRE, avec Kate Barry, La Table Ronde, 2012.

CHEMINS D'EAU, Éditions Maritimes et d'outre-mer, 1980 (La Petite Vermillon, 2013).

Composition Nord Compo
Impression Novoprint
à Barcelone le 29 mai 2020
Dépôt légal : mai 2020
1er dépôt légal dans la collection : octobre 2019

ISBN 978-2-07-283302-1 /. Imprimé en Espagne.

371985